HIS VIRGIN QUEEN - SEINE JUNGFRÄULICHE KÖNIGIN

MINK

D1727227

Übersetzt von
N.M. SCHELLENBERG

GREY EAGLE
PUBLICATIONS

Originaler Titel: *His Virgin Queen*
© 2020, MINK

Für diese Ausgabe :
© 2023, Grey Eagle Publications LLC
greyeaglepublications.com
Alle Rechte vorbehalten.

Covergestaltung : Najla Qamber Designs
www.qamberdesignsmedia.com

Aus dem Amerikanischen von N. M. Schellenberg

ISBN: 978-1-64366-604-4
Print ISBN: 978-1-64366-605-1

SOPHIA

Die meisten kleinen Mädchen träumen von ihrer Hochzeit. Bei mir war das nicht anders. Es ist lustig, wie die Jugend einen blind für die Realität macht. Wenn ich in eine normale Familie hineingeboren worden wäre, würde ich vielleicht immer noch von meinem großen Tag träumen, aber das ist nicht der Fall. Ich wurde als eine Scalingi geboren. Es dauerte nicht lange, bis ich begriff, dass meine Familie anders war. Wir lebten nicht nach denselben Regeln wie alle anderen. Sogar die Kinder in der Schule hielten sich von mir fern, und ich hörte, wie ihre Eltern ihnen zuflüsterten, nicht mit mir zu spielen. Das führte dazu, dass ich mich noch mehr bei meiner eigenen Familie und den Leuten, die sie umgaben, aufhielt. Sie waren alles, was ich hatte. Alles, was ich kannte. Es ist nicht meine Schuld, dass die meisten Mitglieder meiner Familie keine guten Menschen sind.

Ich habe mir dieses Leben nicht ausgesucht, und ich würde es auch niemals wählen.

Ich liege auf dem Bett und schaue auf den Kleidersack, der in meinem Schrank hängt, und bei dem Gedanken, was auf mich zukommt, dreht sich mir der Magen um. Ich möchte weglaufen, aber ich weiß, dass das keine Option ist. Wohin sollte ich gehen? Sie würden mich finden, egal wo ich mich verstecke. Es gibt kein Entkommen aus diesem Leben. Sie wissen, dass ich nicht fliehen kann. Ich würde meinen kleinen Bruder Marco nie zurücklassen, weil ich mir nicht sicher sein kann, dass sie ihn nicht gegen mich verwenden würden.

Er könnte eines Tages wie unser eigener Vater und Großvater werden, aber im Moment ist er der einzige Mensch auf dieser Welt, den ich wirklich liebe. Es gibt immer noch Hoffnung für ihn, dass er sich als Erwachsener anders verhalten wird als diese rücksichtslosen Männer. Er ist der Einzige, der mich verletzen kann, und das wissen sie alle. Sie haben ihn nicht benutzt, um mich zu erpressen, aber sie würden nicht zögern, wenn ich mich gegen ihre Autorität auflehnen würde. Es gibt keine Grenze, die mein Vater nicht überschreiten würde, um zu bekommen, was er will. Ich muss mir die Regeln nicht erklären lassen, um zu wissen, wie sie lauten. Also tue ich, was von mir erwartet wird. Ich wusste, dass dieser Tag kommen würde, der Tag, an dem ich an einen Mann auf der Suche nach einer Mafiaprinzessin verkauft werden würde. Es ist üblich, dass Töchter zwangsverheiratet werden, aber es kam mir vor, als ob sie die Sekunden gezählt haben, bis ich achtzehn wurde, um mich an ihn zu übergeben. Aber das ist egal. Um Marcos willen habe ich mein Schicksal akzeptiert.

Ich will Antonio Tuscani nicht heiraten, aber mein Großvater hat andere Pläne mit mir. Ich kann es kaum ertragen, im selben Raum mit meinem abscheulichen Bräutigam zu sein, aber in wenigen Stunden werde ich zum Altar schreiten und ihn heiraten. Alles für meine Familie. Alles, um loyal zu sein. Alles für Marco. Bei Eheschließungen in meiner Familie geht es nicht um Liebe, sondern um Macht und Position. Ich bin ein Bauer in diesem Schachspiel. Mein Großvater Pasquale wird mit mir die Position unserer Familie sichern, und mein Vater Lorenzo tut alles, was mein Großvater befiehlt. Egal wie man es betrachtet, ich bin am Arsch.

Da ich nicht länger auf den Kleidersack starren will, drehe ich mich um. Eine Träne läuft mir aus dem Auge, aber ich wische sie schnell weg. Es hat keinen Sinn, zu weinen, denn es ändert nichts.

Mein Familienname ist mir zu wichtig. Ich wurde dazu erzogen, ihn zu ehren, und das habe ich auch vor. Das wurde uns immer wieder gesagt, als wir aufwuchsen. Nichts anderes ist wichtig. Es gibt keine Loyalität, außer gegenüber der Familie. Und ich bin so sehr darin gefangen, dass es immer ein innerer Kampf ist, Richtig von Falsch zu unterscheiden. Das ist das Verrückte an Familien wie meiner. Wir sprechen von

Loyalität, Liebe und Respekt, aber diese Dinge gelten nur, wenn man tut, was einem gesagt wird.

Ich setze mich auf, da ich weiß, dass ich mich fertig machen muss. Normalerweise sind Hochzeiten zwischen zwei mächtigen Familien doppelt so groß wie diese, die mich erwartet. Es sind nur zweihundert Menschen eingeladen worden, um diese Hochzeit zwischen Scalingi und Tuscani mitzuerleben. Nur die Spitze unserer Gesellschaft verdient eine Einladung zu dieser Fusion. So habe ich diese Hochzeit in meinem Kopf genannt – eine geschäftliche Transaktion. Eine Fusion von Vermögenswerten und alten Namen. Diese Hochzeit wird unsere Stellung als eine der mächtigsten Familien festigen, weshalb sie es so eilig haben, sie hinter sich zu bringen. Zumindest glaube ich das. Ich bin in die Details nicht eingeweiht, weil ich solche Fragen nicht stellen darf. Auch wenn es eine kleine Feier sein soll, werden keine Kosten und Mühen gescheut, da wir unserem Ruf gerecht werden müssen. Ich bin überrascht, dass mein Zimmer nicht schon voller gebuchter Menschen ist, die mich fertig machen sollen.

Ich hebe meinen Kindle auf und verstecke ihn unter dem Kopfkissen, bevor ich ins Bad gehe. Ich liebe meine Bücher. Das einzige glückliche Ende, auf das ich mich freuen kann, ist eines, über das ich lese, aber mein Vater versucht, mich vom Lesen abzuhalten. Er möchte nicht, dass ich auf irgendwelche *Ideen* komme.

Ich halte inne, als ich mein eigenes Spiegelbild sehe, da ich mich fühle, als ob meine Mutter mich anstarrt.

Ich trete näher an den Spiegel heran und strecke die Hand aus, um es zu berühren. Es ist eine Erinnerung daran, wie ähnlich wir uns immer gesehen haben. Mein Herz schmerzt, weil sie heute nicht hier sein wird. Ich weiß, dass sie nicht in der Lage gewesen wäre, diese Hochzeit zu verhindern, aber ich weiß auch, dass sie mich unterstützt hätte. Sie hätte irgendwie dafür gesorgt, dass ich mich besser fühle. Das hat sie immer getan, sie ist immer für mich dagewesen.

Dann ist sie eines Tages ohne Erklärung verschwunden. Wie lange ist das her? Fast auf den Tag genau fünf Jahre. Ich habe immer noch nicht akzeptiert, dass sie nicht zurückkommen wird.

Ich schlucke und kämpfe gegen die Tränen an. Ich werde nicht weinen. Ich habe mir eingeredet, dass ich das nicht tun würde, aber diese Tränen sind nicht wegen der Zwangsehe, die ich eingehen werde, sondern wegen allem anderen, was mir heute Abend aufgezwungen werden wird. Sie sind für meine Unschuld, die mir von einem Mann genommen werden wird, den ich verabscheue, und für die Mutter, die verschwunden ist, und von der ich vermute, dass sie mir weggenommen wurde. Ich halte die Tränen im Zaum und suche nach meiner Wut. Damit bin ich immer besser bedient. Sie hilft, mich zu betäuben. Ich weiß nicht, wer mir meine Mutter weggenommen hat, aber ich weiß, dass es jemand innerhalb dieser Mauern war. Mein Großvater oder mein eigener Vater. Keiner von beiden schien sich an ihrer Abwesenheit zu stören.

Sie haben einfach weitergelebt, als hätte sie nie existiert.

Ich konnte sie nicht vergessen, konnte nicht so tun, als wäre ihre Abwesenheit normal, und hatte einmal danach gefragt. Ich habe immer noch die kleine Narbe auf meiner Stirn, wo mein Vater mich mit seiner Rückhand geschlagen hat. Einer seiner protzigen Ringe hat dieses kleine Geschenk direkt am Haaransatz hinterlassen, wo ich es leicht unter meinen Haaren verstecken kann. Das tue ich oft. Manchmal zeige ich die Narbe aber auch, weil ich weiß, dass sie meinen Großvater wütend macht. Natürlich nicht, weil mein Vater mich geschlagen hat, sondern weil er eine Spur hinterlassen hat. Pasquale Scalingi wollte nicht, dass jemand die Ware beschädigt und seinen Plan vereitelt, mich an den Meistbietenden zu verkaufen.

Ich drehe mich um, als ich das leise doppelte Klopfen höre, das mein kleiner Bruder immer benutzt. Als ich die Tür öffne, sieht er ungefähr so aufgeregt aus wie ich. Wenn er nicht wäre, hätte ich wahrscheinlich versucht, mich aus dem Staub zu machen. Ich weiß zwar nicht, was mit meiner Mutter passiert ist, aber ich weiß, dass sie, wenn sie die Möglichkeit gehabt hätte, letzte Worte mit mir zu wechseln, mir gesagt hätte, dass ich meinen Bruder beschützen soll. Sie hätte es mir nicht extra sagen müssen. Wenn es um Loyalität und diese Familie geht, gehört die meine ihr, auch wenn sie nicht hier ist. Vielleicht bekomme ich eines Tages die Chance, herauszufinden, was mit ihr passiert ist. Um mich in ihrem Namen zu rächen. Allein dieser Gedanke erinnert mich immer daran, dass ich wirklich eine Scalingi bin.

»Wie kommst du klar?«, fragt Marco.

Ich täusche ein Lächeln vor. »Gut.«

»Lügnerin«, sagt er und schiebt sich an mir vorbei in mein Schlafzimmer. Obwohl er erst fünfzehn ist, ist er schon größer als unser Vater. Verdammt, er ist größer als mein zukünftiger Mann. Ich fürchte jeden Tag, dass er sich in einen von ihnen verwandelt, in einen der harten Männer, denen es um nichts anderes als um Macht geht. In diesem Fall würden die Grenzen für mich wirklich verschwimmen. Ich liebe meinen Bruder, und er könnte wahrscheinlich eine Menge verrückter Sachen machen – und ich würde ihn immer noch lieben. Trotzdem weiß ich in meinem Herzen, dass er anders ist.

Er runzelt die Stirn über mein Kleid und fährt sich mit der Hand über das Gesicht. »Ich hasse diesen Scheiß.«

»Fang nicht damit an.« Ich zeige mit dem Finger auf ihn. »Das muss getan werden. Wenn es nicht Antonio wäre, wäre es jemand anderes.«

»Verdammte Scheiße.« Mein Bruder läuft vor meinem Bett hin und her. Ich ergreife seinen Arm, um ihm klarzumachen, dass ich es ernst meine, und um ihm zu zeigen, dass es das ist, was getan werden muss.

»Es ist in Ordnung.«

Er hört auf, hin und her zu gehen, schaut mich an, und ich erkenne sofort, dass es überhaupt nicht in

Ordnung ist. Nicht für ihn. Nicht für mich. »Du klingst wie Mama.«

Ich wende meinen Blick von Marco ab und schlucke den Kloß in meinem Hals herunter. Ich werde ihm nicht zeigen, dass ich Angst vor heute habe.

Er zieht unsere Mutter unseren Vater vor, aber er hat auch das Scalingi-Blut in seinen Adern. Er kann rücksichtslos sein, und das ist das Letzte, was ich heute will. Wenn er sich von seinen Gefühlen überwältigen lässt, setzt er sein Leben aufs Spiel. Ich glaube, meine Mutter wurde leichtsinnig. Vielleicht hat sie versucht, zu fliehen. Nur Gott weiß, was wirklich passiert ist, aber ich kann nicht riskieren, dass Marco etwas zustößt. Keiner von uns hat den Luxus, seinem Herzen zu folgen.

»Hast du sie besorgt?«, frage ich, um das Thema zu wechseln. Diese Hochzeit findet statt, egal, was passiert. Es hat keinen Sinn, sich jetzt damit zu beschäftigen. Die Sache ist praktisch erledigt. »Marco, bitte sag mir, dass du hast, was ich brauche.«

»Bei dir fühle ich mich wie ein Drogendealer.« Er holt eine Tüte heraus und reicht sie mir.

»Ich bin mir ziemlich sicher, dass unsere ganze Familie ein Haufen Drogendealer ist«, erwidere ich nur halb im Scherz, während ich ihm die Tüte entreiße.

»Es ist trotzdem verdammt seltsam, meiner Schwester Antibabypillen zu besorgen.«

Ich widerspreche ihm nicht, aber ein Mädchen muss tun, was ein Mädchen tun muss. Ich werde kein Baby in diese Welt setzen. Als ich erfahren habe, dass ich verheiratet werden soll, habe ich mich sofort an meinem Bruder gewandt, damit er sie mir besorgt. Er hat nicht gefragt, warum. Er wusste es. Er hat es verstanden und mir trotz des Risikos die Pillen besorgt.

Er beugt sich herunter und küsst mich auf die Stirn. »Es ist einfach so verdammt falsch, Soph.«

»Ich weiß.« Ich lasse meine Augen nur einen Moment lang tränen, dann mache ich den Rücken gerade. »Mach keine Dummheiten. Ich werde heiraten, so ist es nun mal.«

»Antonio ist ein Stück Scheiße«, murmelt Marco.

Ich weiß nicht viel über meinen Bräutigam, aber was ich weiß, gefällt mir nicht. Mein Vater hat mich gut versteckt, nachdem meine Mutter verschwunden war. Ich habe nur Bruchstücke über den toskanischen Boss gehört, zusammen mit den Dingen, die mein Bruder mir erzählt hat.

Marco ist zäh, aber er leidet genauso wie ich. Er hat sie genauso verloren wie ich, und jetzt ist er ein Junge, der schon mehr Mann ist, als er sein sollte. Ich möchte jedem einzelnen – meinem Vater, meinem Großvater und meinem Bräutigam – sagen, dass er ein Stück Scheiße ist, aber ich tue es nicht, genauso wenig, wie Marco das darf.

»Lass es gut sein«, flüstere ich und räuspere mich dann. »Los. Ich muss mich fertig machen.« Ich schiebe ihn zur Tür. »Wir sehen uns in der Kirche.« Wieder zwinge ich mich zu einem Lächeln. Er lächelt nicht. Er zeigt seinen Ärger, und das ist gefährlich.

»Reiß dich zusammen«, schnauze ich ihn an.

»Du klingst schon wieder wie Mama.«

Diesmal ist mein Lächeln nicht gespielt. Ich nehme heute so viel von meiner Mutter, wie ich bekommen kann. Ich werde es brauchen.

2

NICK

Sie sitzt mit gesenktem Kopf da, und der hauchdünne Schleier bedeckt noch immer ihr dunkles Haar.

Ich stecke meine Pistole in das Halfter und richte meinen Mantel.

Sie hat nicht aufgesehen.

Nicht, als ich den Raum betrat.

Nicht, als ich den Schuss abfeuerte, der ihren frischgebackenen Ehemann tötete.

Nicht einmal, als er mit dem Gesicht in seine Salatschüssel fiel.

Sie sitzt immer noch da, während ich um den Tisch herum zu ihr gehe.

Ihre Hochzeit war wunderschön. Das kann niemand bestreiten. Ich habe in der letzten Reihe gesessen und dabei zugesehen, wie die junge, dunkelhaarige Braut unsicher zum Altar schritt. Die

Kathedrale war voll, alle höheren Vertreter der sieben Familien waren anwesend.

Sie tat, was alle guten Mafia-Töchter tun – sie gab ihr Wort, das Stück Scheiße, dessen Blut jetzt den Teppich befleckt, zu lieben und zu ehren.

Aber ich schweife ab. Die Hochzeit. Sie war kleiner als sonst, aber immer noch eine übertriebene Angelegenheit. Als Oberhaupt der Familie Davinci wurde von mir erwartet, dass ich daran teilnahm. Das tat ich.

Womit ich nicht gerechnet hatte, war das doppelte Spiel.

Aber jetzt ist es erledigt. Ich schaue auf Antonios zertrümmerten Schädel und grinse. Jetzt gibt es nur noch *sechs* Familien.

Ich werde mir alle Männer von Antonio Tuscani zu eigen machen, die Untreuen hinrichten und die Geschäfte wie gewohnt weiterführen. Wenn die anderen Familien mit meinem Vorgehen nicht einverstanden sind, können sie es gerne beim nächsten Treffen ansprechen.

Bis dahin bin ich der Gott der Familie Tuscani und damit auch der jungen Braut, deren Mann ich gerade ermordet habe.

»Tu es einfach.« Ihre Stimme ist so ruhig wie die Oberfläche eines kalten, dunklen Sees.

Ich stehe hinter ihr und lasse meinen Blick über die perfekte Kaskade ihres üppigen Haars, die Neigung ihrer blassen Schultern und die Knopfreihe am Rücken ihres Kleides schweifen. Ich könnte es mit Leichtigkeit abreißen. Ich *könnte*. Aber wie ihr verstorbener Ehemann gelernt hat, heißt es nicht, dass man etwas tun sollte, nur weil man es tun *könnte*. Er hätte nicht versuchen sollen, mir meinen Hauptlieferanten von Kokain auszuspannen. Er hätte die Familien nicht dazu drängen sollen, ihm meinen Anteil an dem Untergrund-Kampfring zu gewähren. Aber er konnte all diese Dinge tun. Und das hat er auch. Und jetzt ist er tot, und seine errötende Braut ist Kriegsbeute.

»Mach schon und tu es.« Wieder diese Stimme, die so traurig klingt, dass sie einen verfolgt.

Ich strecke die Hand aus und fahre mit den Fingern über ihren Schleier. »Und was soll ich deiner Meinung nach tun?«

Sie bewegt sich nicht.

»Angst, *cara mia*?«

»Bereit.«

»Bereit wofür?« Ich vergrabe meine Finger in dem dünnen Stoff und ziehe den Schleier zur Seite, wobei der Kamm zu Boden fällt und ihr Haar ungehindert dunkel und wellig herabfallen kann.

»Mach einfach weiter.« Sie dreht sich um und sieht mich an. Ihre karamellbraunen Augen sind wie Dolche, die direkt in mein Herz stechen.

Aber wie viele meiner Feinde gelernt haben, gibt es dort nichts. Kein Herz. Keine Gnade.

Aber es gibt Verlangen. Und Lust. Sie entfacht sie mit ihren vollen Lippen und großen Augen.

Diese Schönheit gehört mir. Als letzte Beleidigung für die Familie Tuscani werde ich dieses unschuldige Wesen besitzen, sie verbiegen und brechen, bis sie etwas Neues ist. Sie ist nie für den Schwächling bestimmt gewesen, an den ihr Vater sie mit der Hochzeit gefesselt hat. Antonio hatte diese Braut nicht verdient. Nicht diese übernatürliche Gestalt, die vor mir sitzt und mich bittet, sie auszulöschen.

Das alles passt nicht zu ihr. Nicht der Bräutigam. Nicht dieses Haus. Nicht ihr Kleid – der schwere Satin, der übertriebene Schleier, der riesige Rock – ich hasse es. Es widert mich sogar an.

Ich greife die Rückseite und reiße es auf. Die Knöpfe platzen ab, wie ich es vermutet habe, und der Stoff löst sich mit einem rauen Geräusch, das angenehm für meine Ohren ist.

Sie lehnt sich nach vorn und versucht, mir auszuweichen, aber ich ziehe erneut daran und reiße es bis über ihre Taille auf.

»Zieh es aus.« Ich trete zurück, als sie sich aufrappelt und sich zu mir umdreht.

Sie hält das zerrissene Kleid an ihre Brust. »Aufhören!«

Das gefällt mir besser, das Feuer in ihrem Ton. Keine Resignation mehr. Stattdessen gibt es dort Hitze. Zorn.

Ich will mehr. »Ich sagte, zieh es aus. Das gefällt mir nicht.«

»Nein.« Sie reißt ihr Kinn hoch. »Wenn du mich

töten willst, bring es hinter dich, aber ich bin nicht hier, um dir eine Peepshow zu bieten.«

Ich könnte sie hier und jetzt über diesen Tisch beugen, sie schänden und weggehen. Ich sollte es tun. Ich brauche nicht noch mehr Schlamassel vom Tuscani-Clan.

Stattdessen stehe ich meinen Mann. »Zieh es aus.« Der Tonfall, den ich an den Tag lege, ist derselbe, den schon viele Männer gehört haben, kurz bevor ich sie getötet habe.

Sie antwortet nicht, aber ihr Kinn zittert.

»Wenn du es nicht tust, mache ich es für dich.« Das würde mir gefallen. Allein das Aufreißen des Rückens hat mein Blut in Wallung gebracht.

Mit einem Blick, der einem normalen Mann das Herz brechen könnte, lässt sie den zerrissenen Stoff fallen und bedeckt ihre Brüste mit ihren zitternden Händen, obwohl sie einen weißen BH trägt.

»Besser. Und jetzt tritt aus dem Kleid.«

»Warum?« Sie blickt mit Misstrauen in ihren karamellfarbenen Augen an meinem Körper hinunter.

»Ich habe es dir schon gesagt. Es gefällt mir nicht. Sobald du herausgetreten bist, lasse ich es von meinem Mitarbeiter verbrennen.« Ich schnippe mit den Fingern, und Gio eilt in den Raum.

»Boss?«

»Nimm das Kleid und entsorge es zusammen mit Antonio.«

»Ja, Signore.« Er geht zu ihr, schnappt sich ein

Stück des bauschigen Rocks und wartet dann darauf, dass sie meinem Befehl gehorcht.

»Komm da raus.« Ich gehe zu ihr und biete ihr meine Hand an.

Sie betrachtet sie misstrauisch, nimmt sie aber, um sich aus dem weißen Ungetüm zu befreien. Danach lässt sie mich wieder los, und ich balle meine Hand, die durch ihre sanfte Berührung gewärmt wurde.

Sobald sie aus dem Kleid herausgetreten ist, sehe ich, dass sie ein schlichtes weißes Höschen und weiße Schuhe mit niedrigen Absätzen trägt. Keine Spitze, kein Strumpfband, nichts, was absichtlich sexy ist. Sie hatte nicht vorgehabt, in der Hochzeitsnacht Spaß zu haben, obwohl ich mir sicher bin, dass Antonio sie trotzdem gevögelt hätte.

»Komm.« Ich strecke meine Hand wieder aus.

Sie schüttelt den Kopf, während sie ihre Oberschenkel fest zusammenpresst und ihre Hände über ihren Brüsten hält.

»Ich werde dich nicht noch einmal fragen, *cara mia*.« Ich sauge ihren Anblick in mich auf und genieße die Art und Weise, wie ihre Taille schmaler wird und ihre Hüften breiter, die kräftigen Oberschenkel und die zierlichen Knöchel. Sie war entschieden zu viel Frau für Antonio. »Du wirst nicht mögen, was als Nächstes passiert, wenn du nicht gehorchst.«

»Du wirst mich schlagen. Das ist es, was Typen wie du machen.« Sie presst ihre Lippen zu einem dünnen Strich zusammen und reicht mir ihre Hand.

Der Gedanke, dass jemand sie schlägt, jagt mir

einen Schauer über den Rücken. Ich bin ein gewalttätiger Mann, aber die Hand gegen diese seltene Schönheit mit den großen, braunen Augen erheben? Wer würde es wagen? Es liegt mir auf der Zunge, Namen zu verlangen, aber dann liegt ihre Hand wieder in meiner. Ihre Wärme durchdringt meine Haut, und mein Blutdurst schwindet.

Ich führe sie aus dem Zimmer und in Richtung der Vorderseite von Antonios übertriebener Villa. »Wie heißt du?«

»Du weißt es nicht?« Sie versucht immer wieder, sich zu bedecken, also bleibe ich stehen, ziehe meinen Mantel aus und lege ihn ihr über die Schultern.

Er ist viel zu groß für sie, aber es gelingt ihr, ihn eng um sich zu binden, bevor sie mich überrascht anschaut. »Danke.« Sie sagt es eher wie eine Frage.

»Gern geschehen.« Ich nehme wieder ihre Hand und gehe weiter. Wir lassen dieses Drecksloch hinter uns. Ich werde es zu meinen Beständen hinzufügen und es – genau wie seinen Besitzer – so schnell wie möglich liquidieren.

»Wohin gehen wir?«, fragt sie, als wir in die kühle Nacht hinausgehen.

»Ist das wichtig?« Ich schaue auf sie herab.

Sie denkt einen Moment lang nach und schüttelt dann den Kopf. »Nein. Ich nehme an, das ist es nicht.«

Ich helfe ihr auf den Rücksitz des schwarzen Mercedes und will mich gerade neben sie setzen, als ein Schuss das Fenster neben mir zerschmettert und ich mich auf den Boden fallen lasse. Ich greife ins Auto, ziehe sie nach unten und nehme dann meine Waffe in die Hand, bevor ich mich an mein nächstes Ziel heranschleiche. Jeder Mann, der mich angreift, wird meinen Zorn zu spüren bekommen.

Und jemand, der dieses hübsche kleine Ding, das jetzt zu mir gehört, gefährdet?

Er hat sein verdammtes Todesurteil bereits unterschrieben.

3

SOPHIA

Er rutscht auf den Rücksitz neben mich, und der Geruch von Schießpulver vermischt sich mit seinem teuren Parfüm. »Fahr los.« Sein Befehl an den Fahrer ist kühl, aber als er mich ansieht, liegt Wärme in seinen Augen.

»Was ist passiert?« Ich werfe einen Blick auf das zerbrochene Fenster.

»Ich habe mich darum gekümmert.« Er macht es sich bequem und holt sein Telefon heraus. Seine starken Finger tippen schnell eine Nachricht, die wütend klingen muss. Ich nehme an, dass er das auch ist, wenn man bedenkt, dass gerade jemand versucht hat, ihn zu töten.

Ich schließe meine Augen und ziehe seinen Mantel fester um mich herum. Wenigstens hat er den Raum räumen lassen, bevor er mir das Kleid vom Leib riss ... nachdem er meinen neuen Mann erschossen hatte. Nachdem ich dabei zugesehen hatte, wie das Blut auf den Salat vor ihm tropfte, als wäre es das Dressing. Ich erschaudere bei dem Gefühl, das mich durchströmt, denn es ist keine Traurigkeit, sondern Erleichterung. Jetzt stehe ich praktisch nackt vor einem unbekannten Feind, der mir gerade genügend Mitgefühl entgegengebracht hat, um mich zu verwirren.

Ich verstehe immer noch nicht, warum er so dringend mein Hochzeitskleid zerstören wollte. Ich hasse das Kleid auch. Es ist bestimmt hübsch, aber nichts für mich. Es ist zu auffällig, und ich habe es nie gemocht. Ich stehe mehr auf schlichte Designs. Schlichte Kleidung. Nichts Auffälliges. Ich versuche immer, unter dem Radar zu bleiben, indem ich nie etwas trage, was zusätzliche Aufmerksamkeit auf mich lenken würde. Mein Hochzeitskleid war das komplette Gegenteil davon. Ich sah genauso aus wie eine kleine Prinzessin, die zu ihrem Prinzen geführt wird. Aber Antonio war kein Prinz, und wenn doch, dann einer der Dunkelheit. Am meisten hatte ich mich vor unserer Hochzeitsnacht gefürchtet. Vor allem, weil ich wusste, wie wütend er war, als der Priester sagte: »Du darfst die Braut küssen«, und ich meinen Kopf drehte und ihm nur meine Wange hinhielt. Sein Mund streifte nur die Seite meines Mundes, und selbst das war mir zu viel gewesen. Ich weiß nicht, warum ich beschlossen hatte, den Mistkerl zu verärgern, aber genau das tat ich. Das spielt jetzt allerdings keine Rolle mehr. Ich bin eine Witwe, worüber ich überhaupt nicht traurig bin.

Da ich nicht weiß, was er vorhat, gehe ich vorsichtig mit diesem Fremden um. Bis jetzt hat er meinen Mann getötet und mich gezwungen, mich auszuziehen. Ich muss fast darüber lachen, wie lächerlich diese ganze Situation ist. Wenigstens hat er den Anstand gehabt, mir seinen Mantel anzubieten. Das hatte mich für einen Moment überrascht. Ich war mir zuerst nicht sicher gewesen, ob ich ihn richtig verstanden hatte. Nicht, nachdem er mir zuvor gesagt hatte, dass er mir das Kleid vom Leib reißen würde. Und jetzt bot er mir an, mich zu bedecken?

Ein hysterisches Lachen entweicht mir.

Er runzelt die Stirn. »Was ist so amüsant, *cara mia*? Ich habe erwartet, dass du vor Angst zitterst. Nicht, dass du lachst.«

Ich lache nur noch mehr, weil er recht hat. Ich lache, weil mich die Sache mit dem Kleid mehr irritiert als Antonios Tod. Ich sollte vor Angst zittern, aber warum? Was kann dieser Mann mir noch Schlimmeres antun als das, was mein Mann heute Nacht in unserem Ehebett getan hätte?

Als ich endlich wieder zu Atem komme, frage ich: »Warum hast du mein Kleid so gehasst?«

»Nicht ›Warum hast du meinen Mann getötet‹?«, fragt er zurück. Seine dunklen Augen streifen über mich, als würde er versuchen, mich zu durchschauen. Endlich kann ich ihn richtig in Augenschein nehmen. Er ist gutaussehend – wenn man auf Killertypen steht.

»Zählt er überhaupt als mein Ehemann? Wir haben die Papiere nicht unterschrieben oder …« Ich mache eine Pause. »Du weißt schon. Die Ehe vollzogen.«

Zum ersten Mal lächelt der Mann, der entweder

mein Retter oder mein schlimmster Albtraum sein könnte. »Du meinst, er hat dich nicht gefickt?«

»Die Ehe vollzogen«, korrigiere ich.

»Hast du immer so ein freches Mundwerk?« Seine Stimme ist leise, und ich frage mich, ob ich zu weit gegangen bin.

»Reißt du immer Frauen, die du gar nicht kennst, die Kleider vom Leib?«, schieße ich zurück und beiße mir auf die Zunge. Was stimmt nicht mit mir? Erst habe ich Antonio geärgert, und jetzt provoziere ich denjenigen, der ihn getötet hat. Antonio war eine kleine Pussy im Vergleich zu dem Mann neben mir. Nein, mit dem dunkelhaarigen Killer an meiner Seite ist nicht zu spaßen. Er hat eindeutig mehr Macht als meine Familie und Antonios Familie zusammen.

Alle Bediensteten und Freunde von Antonio hatten schockiert zugesehen, wie dieser Mann den Raum betrat und ihnen befahl, zu gehen. Nur Antonio und ich durften bleiben. Ein Blick auf diesen Killer, und ich sprach ein Dankgebet, dass mein Bruder noch nicht da war. Er war immer noch in der Kirche.

Er beobachtet mich dabei, wie ich mich erst mit einem Thema und dann mit dem nächsten beschäftige, als würde er versuchen, mich zu lesen. Schließlich sagt er: »Ein Kleid zu zerreißen ist nichts, *cara mia*. Ich mache, was ich will.«

Ich drehe mich um und schaue aus dem Fenster. Natürlich tut er das. Der kleine Hoffnungsschimmer, den ich gefühlt habe, verblasst. Ich weiß nicht, warum ich ihn überhaupt hatte. Ich gehe nur von einem Teufel zum anderen, so scheint es. Wenigstens ist dieser Neue gutaussehend, und sein rabenschwarzes Haar ist seidiger, als es eigentlich sein sollte.

»Mein Bruder«, sage ich, als es im Auto still wird. Ich habe überlegt, ob ich ihn ansprechen soll. Ich will nicht, dass dieser Mann erfährt, welche Macht er über mich ausüben könnte, sobald er wüsste, wie viel mir mein Bruder bedeutet. Aber ich muss wissen, dass er in Sicherheit ist. Ich weiß ehrlich gesagt nicht einmal, ob er in diesem Moment meine ganze Familie umbringen lässt. »Bitte tu ihm nicht weh.«

»Ich habe kein Problem mit deinem Bruder. Er ist doch noch ein Junge, oder nicht?«

»Er wird wahrscheinlich ein Problem mit dir haben.« Ich stoße einen langen Seufzer aus. »Er wird mich suchen, auch wenn er weiß, dass er dabei getötet werden könnte.« Ich drehe mich zu dem Mann um, dessen Namen ich immer noch nicht kenne. Sein Gesicht ist leer, und ich kann ihn nicht einschätzen. »Ich würde alles dafür tun, dass er in Sicherheit ist.« Ich lege meine Karten auf den Tisch.

Er nimmt eine meiner Haarsträhnen zwischen Daumen und Zeigefinger und spielt mit ihr. »Tu, was ich dir sage, *cara mia*, und ich werde dafür sorgen, dass es deinem Bruder gut geht.«

»Schwöre es.« Ich hebe herausfordernd mein Kinn an.

Seine Nasenflügel blähen sich bei meinem Trotz, aber er spricht ruhig weiter: »Wenn du mir heute Abend dein Gelübde ablegst, verspreche ich dir, dass ich alles in meiner Macht Stehende tun werde, um deinen Bruder zu beschützen.«

Das ist besser als alles andere, was mir je angeboten wurde. Das ist sehr großzügig von ihm, gerade, weil er sich einfach nehmen könnte, was er will. Schließlich hat er gesagt, dass er genau das normalerweise tut.

Aber mit mir verhandelt er?

»Was für ein Gelübde willst du?«, frage ich. Ich habe nichts zu geben, schon gar nicht einem Mann wie ihm.

»Das der Ehe.« Er sagt es so einfach, so alltäglich wie *es ist sonnig.*

Ich beginne zu lachen, höre aber auf, als ich sehe, dass er es ernst meint. »Kann ein Mädchen überhaupt zweimal an einem Tag heiraten?«

»Wie du gesagt hast, hast du die Papiere nie unterschrieben. Du bist nie mit diesem Mann im Bett gewesen.« Er lehnt sich näher an mich heran. »Oder bist du mit diesem Mann im Bett gewesen?« Ich merke, dass er nicht einmal seinen Namen sagen will.

Ich sage ihm die peinliche Wahrheit. »Ich bin noch nie mit einem Mann im Bett gewesen.«

Er gibt ein leises Knurren von sich, während er sich näher zu mir beugt. Ich weiche nicht zurück. Ich rede mir ein, dass ich das tue, weil ich keine Angst zeigen will, aber eigentlich will ich wissen, was er tun wird. Sie ist falsch, diese Faszination, die von Sekunde zu Sekunde wächst. Aber er überrascht mich. Und jetzt hat mich der Heiratsantrag noch mehr verwirrt und mich hungrig darauf gemacht, das Geheimnis des

Mörders neben mir zu lösen. Er fährt mit seiner Nase an meinem Hals entlang und atmet mich förmlich ein. Mein Körper erhitzt sich augenblicklich, neue Empfindungen wachsen und entfalten sich in mir.

»Ich kann sie an dir riechen.« Er knabbert an meiner Halsschlagader, und ich schnappe nach Luft. »Oh, *cara mia*. Alles an dir strahlt Unschuld aus. Du hast ihn dich bei der Zeremonie nicht einmal küssen lassen, stimmt's?«

Ich habe mich gefragt, ob das jemandem aufgefallen ist.

Diesem Mann schon.

Ich drehe meinen Kopf und meine Augen treffen auf seine. Ich muss ihn wegstoßen. Sein Mund macht Dinge mit mir, die er nicht tun sollte. Er ist wieder da, der gleiche Nervenkitzel, den ich verspürte, als er mir das Kleid wegnahm und verlangte, dass es verbrannt wird. Mein Mann lag tot neben mir, und ich wurde durch seinen Mörder erregt. Niemand würde das je erfahren. Ich könnte das nur vor mir selbst zugeben. Dieses Bekenntnis würde ich nie ablegen, nicht einmal in der Kirche. Weil es falsch ist. Weil es mir Angst macht. Und vielleicht, weil es bedeutet, dass ich genauso verkorkst bin wie alle anderen in meiner Familie.

»Hat er deine süßen Lippen gekostet, *cara mia?*«, knurrt er praktisch gegen mein Fleisch. »Sag es mir.«

»Nein«, hauche ich.

Kaum hatte Antonio meinen Schleier gelüftet, da ging er auch schon auf mich los. Ich konnte den

Gedanken an seinen Mund auf meinem nicht ertragen. Das war dumm, denn ich wusste genau, was Stunden später kommen würde. Nun, zumindest dachte ich damals, ich wüsste es. Jetzt hat sich alles geändert.

»Hast du schon mal einen Mann geküsst?«

Ich schüttele den Kopf. Meine Stimme ist jetzt zu zittrig, viel zu gehaucht. Ich kann nicht sprechen, kann nicht denken, als er mich unter dem Ohr küsst. Wie oft habe ich schon von meinem ersten Kuss geträumt? Zu oft, um es zu zählen. Eingesperrt zu sein gibt einem Mädchen eine Menge Zeit. Die meiste Zeit hatte ich mit meinen Büchern verbracht. Ich dachte, wenn ich schon keine Liebe haben kann, dann kann ich wenigstens über all die großen Lieben lesen, und das tat ich auch. Austen, Brontë, ich habe jeden Liebesroman, den ich finden konnte, verschlungen. Und jetzt? Jetzt werde ich von einem dunklen Fremden verschlungen, der so leicht tötet, wie er atmet.

»Du wurdest noch nie gekostet.« Er leckt sich über die Lippen. »Gut.« Sein Mund berührt meinen.

Der Kuss ist anfangs hart. Ich sitze schockiert da und weiß nicht, was ich tun soll. Mein ganzer Körper leuchtet vor Verlangen, wie ich es noch nie gespürt habe. Ich sollte mich nicht so fühlen. Nicht bei diesem Mann.

Er knurrt gegen meinen Mund: »Öffne ihn für mich. Ich bekomme jetzt meinen Kuss. Du wirst deinen Kopf nicht von mir abwenden, nachdem du ›Ich will‹ gesagt hast.«

Ich öffne meine Lippen und gebe seiner Forderung

nach. Ich sage mir, dass ich keine andere Wahl habe, aber die Wahrheit ist, dass ich spüren will, wie es ist, von diesem Mann geküsst zu werden. Seine Hand gräbt sich in mein Haar.

Ich stöhne in seinen Mund, während er den Kuss vertieft. Es ist mehr als ein Kuss. Er beansprucht mich damit, und ich weiß, dass er nicht gelogen hat. Ich werde gleich zweimal an einem Tag heiraten.

4

NICK

Ich kann sie immer noch schmecken. Sie ist süßer als alles, was ich je probiert habe, und jetzt gehört sie mir.

Ich führe sie in mein Haus und rufe nach Carlotta. »Bring sie in mein Zimmer. Nimm ihre Maße. Bestell die Kleidung, die sie mag. Sie wird auch ein Hochzeitskleid brauchen …«

»Signore?« Carlottas dunkle Augen werden groß, und die Falten auf ihrer Stirn werden zu tiefen Furchen.

»Du hast mich gehört.« Ich bleibe ruhig, anstatt sie ungeduldig anzufahren. Nicht Carlotta. Sie hat der Familie Davinci ihr ganzes Leben lang gedient.

»In Ordnung.« Sie schluckt schwer und wendet ihre Aufmerksamkeit meiner Braut zu.

»Carlotta, das ist …« Ich drehe mich zu ihr. »Dein Name?«

»Du weißt nicht, wie ich heiße?« Sie blickt mich

mit einem vor Überraschung offenem Mund an. »Aber du bist doch zu meiner Hochzeit gekommen.«

»Ich bitte um Entschuldigung, *cara mia*, aber ich bin nur gekommen, um der Hochzeit zwischen den Familien Scalingi und Tuscani beizuwohnen. Ich habe nicht auf den Vornamen der Braut geachtet.«

»Signore?« Carlotta ringt ihre Hände. »Sie wollen ein Mädchen heiraten, das Sie auf einer Hochzeit kennengelernt haben ... wo es die *Braut* war?«

»Ja.« Ich klopfe ihr auf die Schulter. »Du hast es genau richtig verstanden. Jetzt begleite bitte ...« Ich schaue erwartungsvoll in die hellbraunen Augen meiner unschuldigen Liebsten.

»Sophia«, sagt sie, und ihre perfekt geformten Lippen umschmeicheln das Wort. Oh, was ich mit diesem Mund alles anstellen werde.

»Bitte begleite Sophia in mein Zimmer und triff alle Vorbereitungen für eine kleine Feier, die heute Abend, sagen wir um sieben Uhr, hier stattfinden wird. Die Oberhäupter aller Familien sollen eingeladen werden, ganz besonders die Scalingis. Sorg dafür, dass sie die Einladung zuerst erhalten.« Ich beuge mich vor und drücke Sophia einen Kuss auf den Scheitel. »Jetzt geh. Mach dich fertig.«

»Ich weiß nicht, wie du heißt.« Sie zieht meinen Mantel fester um sich.

»Nick Davinci.«

Ihre Augen weiten sich. »Du bist das Oberhaupt der Davinci-Familie.«

»Richtig, *cara mia*. Willkommen in meinem

Königreich.« Ich deute mit der Hand auf ein prächtiges Anwesen, in dem der Kronleuchter über mir funkelt und der polierte Marmorboden glänzt. »Du wirst eine schöne Königin sein, aber jetzt muss ich erst einmal arbeiten.« Ich beuge mich zu ihr und drücke meine Lippen auf ihr Ohr. »Ich bin der Einzige, der jemals über deinen Körper herrschen wird, und ich werde heute Abend meinen Anspruch anmelden. Mach dich auf was gefasst.«

Ein Schauer durchfährt sie, und ich weiß – genau wie ich weiß, wann ein Mann mich töten will –, dass sie mich zwischen ihren Schenkeln haben wollen wird. Bald.

Ich schnippe mit den Fingern. und Carlotta eilt herbei, nimmt Sophias Ellenbogen und führt sie die geschwungene Treppe hinauf zum Schlafzimmer.

Sobald sie außer Sichtweite ist, gehe ich zu meinem Büro, wo Gio bereits mit einer Handvoll meiner vertrautesten Männer auf mich wartet. Er öffnet die Tür für mich, und alle folgen mir hinein.

»Antonios Leiche?« Ich öffne die Kristallkaraffe und schenke mir einen Drink ein.

»Beseitigt.«

»Seine Männer?«

»Carmine und seine Vollstrecker sind gerade an den Docks und machen eine Bestandsaufnahme von Menschen und Inventar. Bevor der Tag zu Ende ist, werden wir wissen, wer in unserem Team ist. Um die, die es nicht sind, kümmern wir uns.« Gio schenkt sich einen Drink ein, während ich meinen probiere. Er ist gut, aber nicht so potent wie Sophia, deren Süße die perfekte Ergänzung zu meiner Bitterkeit ist. Ihre Haut ist trotz ihrer Abstammung hell. Haben die Scalingis sie in ihrer Villa am Fluss versteckt gehalten? Hat sie in all den Jahren nie die Sonne gesehen? Ihr Haar ist weich, und ich glaube – nein, ich weiß –, dass ihre Haut das auch ist. Wie eine Rosenblüte. Habe ich ihre Haut gerade mit einer Rosenblüte verglichen? Verdammt, dieses Mädchen bringt mich ganz schön durcheinander. Und vielleicht gefällt mir das sogar. Ich nehme einen großen Schluck von meinem Getränk.

»Boss?« Gio hält sich an meinem Ellenbogen fest. Er hat die ganze Zeit gewartet, während ich in Gedanken an die Witwe, die meine Braut sein wird, versunken war. Nein, keine Witwe. Ich hasse den Gedanken, dass sie einem anderen gehört hat. Es ist dumm, sich darüber Gedanken zu machen, aber ich tue es. Selbst wenn sie die leeren Gelübde sagte, gehörte sie ihm nie. Sie hat auf mich gewartet. Trotzdem genieße ich die Tatsache, dass ich ihren Mann getötet und sie mir genommen habe.

Gio räuspert sich. »Das Mädchen?«

»Sophia Scalingi gehört mir.« Ich wende mich an die tödlichsten Männer der Stadt, die mir gegenüber loyal sind. »Die Hochzeit wird ein Test sein. Ich habe alle Familien eingeladen. Wenn sie nicht kommen, wissen wir, dass sie gegen uns sind. Sollten sie das wirklich tun, na ja, dann sehen wir weiter. Aber ich will euch alle im Raum haben. Sollte Gewalt ausbrechen, werden wir sie beenden. Und wenn ich die

Zahl der Familien von sechs auf noch weniger reduzieren muss? Dann soll es so sein. Aber keiner von ihnen wird je wieder auf die Idee kommen, sich in mein Geschäft hineinzudrängen. Die Tuscanis gibt es nicht mehr. Wenn jemand anderes aus der Reihe tanzt, wird er das gleiche Ende finden. Eines Tages werden die Männer in diesem Raum die einzigen sein, auf die es ankommt, die einzigen Familien, die etwas zu sagen haben. Aber bis dahin werden wir die Beziehungen aufrechterhalten. Und mit Sophia als meine Frau werden die Scalingis noch viel fester in meinem Griff sein.«

»Clever.« Dante, dessen Ungeduld eine seiner markantesten Eigenschaften ist, klopft auf den Kolben seiner Pistole. »Und zu deinem Glück hat sie einen heißen, kleinen Körper …«

Ich eile quer durch den Raum, mein Glas liegt zerbrochen auf dem Boden, und meine Hände umschließen seinen Hals, noch bevor ich überhaupt einen Gedanken fassen kann. »Schau sie verdammt nochmal nicht an!« Ich drücke zu.

Er hält die Hände hoch, und seine Augen sind voller Überraschung. Dante ist loyal. Er würde mir erlauben, ihn hier und jetzt zu töten, wenn ich wollte. Er würde sich nicht wehren, nicht gegen mich. Deshalb lasse ich ihn los und trete zurück.

»Ich bitte um Entschuldigung.« Er hält immer noch seine Hände mit den Handflächen zu mir gedreht nach oben. »Bitte verzeih mir, Boss.«

»Ich verzeihe dir.« Ich fasse seine Schulter. »Ich

hätte dich nicht anfassen sollen.« Ich knirsche mit den Zähnen, dann zwinge ich mich, mich zu entspannen. »Aber täusche dich nicht, Sophia ist keine Spielfigur. Sie wird die Königin dieser Familie sein, meine Braut und die Mutter meiner Kinder.«

Gio pfeift. »Endlich ist es passiert.«

Dantes Gesicht wechselt von grimmig zu einem Lächeln. »Du wurdest von einem Pfeil getroffen, Mann.«

»Mach dich nicht lächerlich.« Ich klopfe ihm auf die Wange – vielleicht etwas zu fest – und schenke mir noch einen Drink ein. »Es gibt keinen Pfeil.«

»Du bist verliebt.« Dante seufzt. »Einer der ganz Großen ist gefallen. Weg vom Markt.«

Gio lacht. »Das musste ja so kommen.« Er stößt Dante mit dem Ellenbogen an. »Mehr Muschis für uns, richtig?«

»Verdammt richtig.« Dante nimmt sein Glas und hebt es. »Auf dich und deine neue Königin.«

Die anderen schenken eilig Getränke ein und erheben ebenfalls ihre Gläser. »Auf dich und deine neue Königin.«

Wir trinken, und der Schnaps wärmt mich auf dem Weg nach unten.

Ich räuspere mich. »Jetzt lasst uns darüber reden, wen wir umbringen müssen, damit diese Hochzeit so reibungslos wie möglich verläuft.« Ich halte einen Finger hoch. »Und, Gio … ruf meinen Schneider an.«

5

SOPHIA

Ich stehe in der Mitte des Raumes, und der übergroße Bademantel, den man mir gegeben hat, hängt von einer meiner Schultern herab. Vor mir stehen fünf Frauen, die mir jeweils mehrere Kleider hinhalten, damit ich sie mir ansehe. Eines ist schöner als das andere.

»Suchen Sie sich eins aus«, sagt Carlotta und winkt mit ihrer Hand. Als wir das Schlafzimmer betraten, von dem ich annahm, dass es das Hauptschlafzimmer sei, stupste mich Carlotta in Richtung Badezimmer, damit ich mich dusche. Ich habe getan, was mir gesagt wurde. Alte Gewohnheiten lassen sich nur schwer ablegen, wie es scheint.

Ich konnte sie am Telefon hören, wie sie Kleidergeschäfte, Designer und Näherinnen anrief. Als ich aus dem Bad trat, sah es so aus, als ob alle im Laufschritt gekommen wären. Natürlich sind sie das. Ich bin die zukünftige Braut des Oberhaupts der

Davincis. Es gibt keinen Designer, der verrückt genug wäre, diese Anfrage abzulehnen.

Ich presse eine Hand an meine Wange und starre auf die Kleider, während Carlotta ihre Unterröcke aufbauscht. Ich glaube, ich stehe immer noch unter Schock, dass das alles passiert ist. Ich hatte Nick Davinci bis heute noch nie getroffen. Ich habe von ihm gehört, vor allem weil mein Vater ihn hasst. Wenn ich raten müsste, warum, würde ich sagen, weil Lorenzo Angst vor ihm hat. Das sollte mir eigentlich Angst machen, aber die Vorstellung, Nick zu heiraten, macht mir weniger Angst als der Gedanke, den Rest meiner Tage mit Antonio zu verbringen.

Sollte ich traurig sein? Das bin ich nicht. Ich habe keine Gewissensbisse, weil Nick Antonio getötet hat. Es hat mich in die Lage gebracht, mit einem mächtigeren Mann zusammen zu sein – einem, der mich *und* Marco beschützen kann – der mich bisher mit mehr Respekt behandelt hat, als es meine eigene Familie je getan hat. Nicks Bereitschaft, meinem Bruder Schutz zu bieten, hat mich einwilligen lassen, ihn zu heiraten. Sein Aussehen und die Anziehungskraft seines Körpers auf mich sind ein zusätzlicher Bonus, und ich frage mich, ob aus diesem Funken der Hitze mehr werden kann. Ich habe nie wirklich über Liebe in meiner Ehe nachgedacht. Nicht, wenn ich wusste, dass sie aus strategischen Gründen arrangiert werden würde. Aber mit Nick scheint fast alles möglich zu sein.

Ich muss erst einmal mein Gelübde ablegen. Ein

sicherer Hafen ist nicht umsonst, und es mag den Anschein haben, dass ich die Entscheidung treffe, aber wir alle wissen, dass ich in Wirklichkeit keine Wahl habe. Antonio ist bereits in meiner Vergangenheit verschwunden. Nick ist meine Zukunft.

»Ich kann mir aussuchen, was ich will?« Ich schaue von den Kleidern zu Carlotta. Diese Frau war von der ersten Sekunde an nett zu mir.

»Natürlich. Es ist Ihre Hochzeit. Signore Davinci hat gesagt, Sie können haben, was Sie wollen.«

Ich schaue zurück auf die Kleider. Sie sind alle auf unterschiedliche Arten wunderschön. Manche sind einfach und mit Kristallen verziert, denen man ansieht, dass sie stundenlang genäht wurden. Es gibt lange, kurze und alles, was dazwischenliegt. Die Spitze an einigen der Stücke ist atemberaubend.

»Mögen Sie keines von ihnen? Wir können noch mehr bringen lassen.« Carlotta holt ihr Telefon heraus.

»Haben wir wirklich Zeit dafür?«, frage ich. Es ist schon recht spät, und ich arbeite an meiner zweiten Hochzeit. Ich will sie hinter mich bringen. Ich sage mir, dass es daran liegt, dass ich genug von diesem Mist habe, aber in meinem Kopf dreht sich immer noch alles von dem, was Nick mir zugeflüstert hat. Ich hatte es schon befürchtet, als ich heute Morgen aufgewacht bin, aber jetzt frage ich mich, ob der Sex mit Nick auch nur annähernd so sein wird wie dieser Kuss. Dieser. Kuss. Er war … Ich versuche, das richtige Wort dafür zu finden.

Carlotta unterbricht meine Gedankengänge. »Das

ist Ihr Tag. Alle werden warten, bis Sie bereit sind. Bis Sie das Kleid gefunden haben, das Ihr Herz begehrt. Das ist es, was er für Sie will.« Sie lächelt mich sanft an.

Mir ist aufgefallen, dass Nick sie mit Respekt behandelt. Mein Vater hat nie eine Frau mit Respekt behandelt. Wenn man in meiner Familie weiblich ist, ist man dazu da, seinen Zweck zu erfüllen. Ich habe gesehen, dass andere mächtige Familien ihre Frauen anders behandelten, aber in unserem Haus haben die Frauen kein Mitspracherecht und tun, was ihnen gesagt wird.

Ein Lächeln umspielt meine Lippen bei der Genugtuung, die ich empfinde, wenn ich an die Wut denke, die mein Vater und mein Großvater heute Abend fühlen müssen. Ihre großen Pläne, die Familie mit den Tuscanis zu verschmelzen, wurden zunichtegemacht, und jetzt sitze ich an der Spitze der Familie Davinci. Der einzigen, die sie fürchten. Die Näherinnen stehen immer noch da, bieten ihre Kleider an, und ihre erwartungsvollen Augen sind auf mich gerichtet. Carlotta hat nicht gescherzt, als sie sagte, alle würden auf mich warten. Aber alle?

»Nick Davinci ist ein Mann, der wartet?«, frage ich.

Wenn mir jemand mehr über meinen zukünftigen Mann sagen kann, dann ist es Carlotta.

»Guter Punkt.« Sie grinst. »Hierfür wird er uns wohl etwas mehr Zeit lassen, aber wir sollten das Tempo anziehen.«

Trotzdem starre ich weiter auf die Kleider. Es geht nicht darum, dass ich keines von ihnen mag, sondern darum, dass ich es gewohnt bin, dass man mir immer sagt, was ich anziehen soll. Es gab nie eine Wahl. Ich habe mich nie getraut, mich über etwas zu beschweren, was mir gegeben wurde, es sei denn, ich wollte mich mit meinem Vater auseinandersetzen.

»Das da.« Ich zeige auf das einfachste aller Kleider. Zumindest sieht es so aus. Wenn das Licht darauf fällt, kann man all die kleinen Kristalle sehen, die von Hand eingewebt wurden und entlang des Oberteils des Kleides verlaufen. Es ist elegant, aber nicht auffällig oder übertrieben.

»Die anderen können gehen.« Carlotta gibt den anderen Frauen ein Zeichen, zu gehen. Die Doppeltüren zum Schlafzimmer öffnen sich, damit sie hinausgehen können. Ich sehe zwei Männer in Anzügen dort stehen, aber erhasche nur einen flüchtigen Blick auf sie, bevor sich die Türen wieder schließen.

»Ich glaube nicht, dass Sie einen BH dazu tragen können, aber ich habe Unterwäsche mitgebracht«, sagt die eine Frau, die noch übrig geblieben ist, mit einem Hauch von Stolz in der Stimme. Ich nehme an, es ist eine Ehre, der Familie Davinci dienen zu dürfen. »Ich kann die Änderungen im Handumdrehen vornehmen, damit Ihnen das Kleid perfekt passt.«

Sie dreht das Kleid um, und mir bleibt vor Überraschung der Mund offen stehen. Der Rücken ist so weit ausgeschnitten, dass er praktisch komplett frei liegt. Es ist atemberaubend, aber vielleicht ein wenig aufsehenerregender, als ich dachte. Sie geht zu dem riesigen Bett hinüber und legt das Kleid hin, bevor sie zurückkommt und eine Tasche holt. Sie kramt darin herum und zieht neue Unterwäsche heraus. Ich bin schon zum zweiten Mal innerhalb weniger Minuten schockiert. Die Kleidungsstücke bestehen aus einer Menge Spitze und sind keineswegs schlicht. Sie sind sexy. Ich spüre, wie meine Wangen heiß werden, nur weil ich die Stücke anstarre.

»Alle?« Wenn ich mir etwas aussuchen darf – und es sieht ganz danach aus – dann ziehe ich auf jeden Fall all diesen Spitzenkram für Nick an.

Ich hatte darauf geachtet, dass ich unter meinem ersten Hochzeitskleid nichts trug, was auch nur annähernd sexy war. Ich wollte Antonio diese Genugtuung nicht geben. Ich hatte das schlichteste weiße Höschen gewählt, weil ich diesem Mann nicht gefallen wollte. Ich kann nicht anders, als bei Nick das Gegenteil zu denken. Ich will, dass er mich auszieht und das Geschenk meiner Jungfräulichkeit findet, das darauf wartet, von ihm ausgepackt zu werden. Ich ziehe mir das Höschen unter dem Bademantel an und befestige die Strumpfbänder. Ich fühle mich schön, wie eine Frau. Das ist das erste Mal in meinem Leben, dass ich mich so fühle. Es ist das erste Mal, dass ich möchte, dass mich jemand sexy findet. Schmetterlinge tummeln sich in meinem Magen, während ich mich frage, was Nick von mir denken wird.

»Haare und Make-up«, ruft Carlotta, während die Näherin schnell meine Maße nimmt. Sie eilt mit dem

Kleid hinaus, und wieder öffnen sich die Doppeltüren, und zwei neue Frauen kommen herein.

»Kann ich es selbst machen?«, frage ich. Ich will nicht wieder ganz fertig gemacht werden. Ich habe es gehasst, als mein Gesicht mit Make-up zugeschmiert wurde und mein Haar mit Haarspray verkleistert.

»Natürlich«, sagt Carlotta und wendet sich an die Frauen. »Lass eure Sachen da, damit sie sie benutzen kann. Ihr könnt sie später einsammeln.«

Sie tun, was ihnen gesagt wurde. Sie wendet sich an mich und fragt: »Werden Sie einige Stunden dafür brauchen?«

Ich schüttele den Kopf. »Es wird nicht lange dauern.«

»Sie sind so ein Schatz.« Carlotta neigt den Kopf und sieht mich an. »Kann ich bleiben und Ihnen helfen? Sie brauchen doch sicher Hilfe mit dem Kleid, wenn die Näherin fertig ist.«

Mein Blick schweift zu dem Telefon auf dem Nachttisch. Ich hatte es bemerkt, als ich aus dem Bad kam. Ich habe nichts dagegen, wenn sie bleibt, aber ich will telefonieren.

»Sie können das Telefon benutzen, Süße.« Sie tritt zurück und macht eine Bewegung in seine Richtung. »Ich verrate Ihnen aber, dass, egal ob ich hier bin oder nicht, alles, was Sie übers Telefon sagen, in Signore Davincis Ohren landen wird.«

»Natürlich wird es das.« Ich kämpfe damit, nicht mit den Augen zu rollen, weil ich nicht unhöflich zu ihr sein will. Nick ist der Boss, er weiß alles, was unter seinem Dach vor sich geht. Aber er ist auch anders, erinnere ich mich. Ich beginne, es zuzulassen, dass kleine Dinge sich in meinen Kopf schleichen. Dass Nick mich seine Königin nennt. Dass ich mir mein Kleid aussuchen durfte. Dass er mir nicht sagt, wie ich mich anziehen oder aussehen soll.

Mein Verstand versucht ständig, ihn zu etwas zu machen, was er nicht ist. Es ist der Versuch, ihn zu einem guten Kerl zu machen, obwohl ich es besser weiß. Ich habe gesehen, wie er vor wenigen Stunden jemanden ermordet hat. Was, wenn das für ihn nur ein Spiel ist? Was, wenn er mir vorgaukelt, die Kontrolle über die Dinge zu haben, um mich gefügiger zu machen? Ich hasse es, wie enttäuscht ich mich bei diesem Gedanken fühle. Außerdem hat er es nicht nötig, sich so viel Mühe zu geben. Ich werde ihm so lange treu sein, wie er meinen Bruder beschützt. Wenn er dieses Gelübde brechen würde, würde ich im Gegenzug unseres brechen, denn dann hätte ich nichts mehr zu verlieren.

6

NICK

Mein Schneider eilt mit meinem Kreidestreifenanzug in den Händen zu seiner Nähmaschine.

Ich setze mich auf das Ledersofa neben dem Kamin und rufe Gio in den Raum. »Also?«

»Alle Familien kommen.« Er schüttelt den Kopf. »Alle außer einer.«

»Lass mich raten.« Ich lehne mich zurück und grinse in Richtung des knisternden Feuers. »Die Scalingis.«

»Genau.« Er lehnt sich gegen den Türrahmen, und sein Anzug verbirgt einen Mörder darunter. Deshalb ist er mein vertrautester Mitarbeiter. Er hat schon oft für mich getötet und wird es wahrscheinlich wieder tun, bevor diese Nacht endet.

Ich begegne seinem Blick. »Diese Beleidigung kann natürlich nicht ungestraft bleiben.«

»Was möchtest du? Ein paar von ihren Leuten

entführen, sie töten und vor ihrer Haustür zurücklassen?«

Die Idee gefällt mir. Das ist der klassische Davinci, aber hier ist vielleicht ein wenig mehr Finesse gefragt. »Wer ist die Geliebte von Lorenzo?«

»Mal schauen.« Gio dreht sich um und ruft Dante.

Der kommt herein und sieht beinahe so von sich eingenommen aus wie ich, aber auch nur fast.

»Wen vögelt Lorenzo Scalingi im Moment?«, fragt Gio.

»Soweit ich weiß, war es die Frau, die in seiner beschissenen Bäckerei in der 11. arbeitet.«

»Bring sie zur Hochzeit.« Sophias Vater soll wissen, dass ich kein Mann bin, der sich verleugnen lässt. »Aber tu ihr nicht weh. Bring sie einfach her.«

»Wird erledigt.« Dante geht hinaus.

»Bist du bereit dafür?« Gio kommt herüber und setzt sich auf die Kante meines Schreibtischs.

»Für die Ehe – oder die Familie Tuscani zu übernehmen?«

»Beides, aber hauptsächlich die Ehe.« Gio zuckt mit den Schultern. »Ich meine, das ist ein perfekter strategischer Zug, aber es steckt mehr dahinter. Es ist, als wärst du … als hättest du dich in sie verliebt, obwohl du sie gerade erst kennengelernt hast. Ist das überhaupt möglich?«

»Ich dachte, dass das für einen Mann wie mich unmöglich ist.« Ich zögere, denn allein der Gedanke an sie bringt mein Blut in Wallung. Ist sie gerade oben und probiert Kleider und Spitzenhöschen an, die ich mit meinen Zähnen abreißen werde? Denn genau das werde ich tun. Ich werde sie heute Abend ruinieren. Sie wird nie wieder einen anderen Mann wollen, nachdem ich sie entjungfert und sie auf meinem Schwanz kommen lassen habe. Allein der Anblick ihres köstlichen Körpers ist bereits ein Genuss. Aber das geheime Feuer, das unter ihrer Oberfläche lodert, besitzt eine noch größere Anziehungskraft. Eine Mafiaprinzessin, die jahrelang in die Unterwerfung geprügelt wurde. Was kann sie alles sein, wenn sie frei ist? Sobald sie ihrem Käfig entkommen und nur noch durch meine Arme gebunden ist? Ich weiß es bereits. Ich habe es noch vor wenigen Stunden in ihren Augen gesehen. Sie wird eine Königin sein.

»Boss?«

Ich konzentriere mich wieder auf Gio. »Sie ist die eine für mich. Ich bin kein impulsiver Mensch. Das weißt du.«

Er nickt. »Definitiv nicht.«

»Aber sie hat etwas an sich. Ich kann es nicht erklären. Wenn du die zweite Hälfte deiner Seele triffst, hinterlässt das Spuren.«

»Du hast eine Seele?« Gio hebt eine Augenbraue.

Ich knacke mit den Fingerknöcheln. »Ich hätte auch Lust, dich zu verprügeln, um die Spannung abzubauen.«

»Das können wir machen, Boss. Aber ich warne dich, ich ziehe an den Haaren.« Er grinst.

Ich stehe auf und zeige auf die Tür. »Sieh zu, dass du verschwindest. Du musst den Anzug anpassen lassen. Ich kann nicht zulassen, dass mein Trauzeuge auftaucht und aussieht wie ausgekotzt.«

»Harte Worte.« Er fasst sich an die Brust, als wäre er verwundet, und geht hinaus.

Ich folge ihm und blicke hinauf zum zweiten Stock, wo meine Braut auf mich wartet. Helfer stellen bereits Stühle und Blumen auf dem Marmorboden auf. Die Zeremonie wird klein, aber fein, und die großen Familien werden hier sein. Scalingi hat meine Einladung zwar abgelehnt, aber sobald ich seine Frau hier habe, wird er auftauchen.

Mein Handy vibriert in meiner Tasche. Ich ziehe es heraus und schaue mir die Nachricht an. »Fuck.«

Ich bin gerade auf dem Weg zur Haustür, als Tony herbeieilt.

»Du hast es schon gehört?«

»Ja.« Ich gehe hinaus und treffe auf meine Wachleute.

»Ich habe ihn erwischt, als er über den Zaun springen wollte.« Vin reicht mir eine Pistole. »Die hatte er bei sich.«

»Wie heißt du, Junge?« Ich nehme die Pistole, entferne das Magazin und leere die Kammer. Die Kugeln rollen weg, aber einer meiner Männer folgt ihnen und sammelt sie wieder ein. Ich neige meinen Kopf zur Seite und starre in die wütenden Augen des Jungen. »Warum tauchst du mit einer geladenen Waffe in meinem Haus auf?« Mit dem Griff der Waffe verpasse ich ihm einen leichten Schlag gegen den Kopf. Ich will ihn nicht verletzen, wenn ich nicht muss. Er ist jung, aber trotzdem ein großer Kerl. Wahrscheinlich waren beide Wächter notwendig, um ihn zu fesseln, was die Erklärung für seine aufgeplatzte Lippe sein könnte. »Wünschst du dir den Tod? Ist das alles?«

»Ich bin wegen meiner Schwester hier.« Er spuckt mir Blut vor die Füße.

Seine Schwester. Sophia. *Scheiße*. Sie hat mich gebeten, ihren Bruder zu beschützen, aber nun ist er hier und versucht, mir und meinen Jungs Schaden zuzufügen.

»Du bist Marco.« Ich reiche Gio seine Waffe.

»Lass sie gehen.« Mit zusammengebissenen Zähnen stemmt er sich gegen meine Männer.

»Sie wird nirgendwo hingehen. Und das wirst du auch nicht.« Ich mache mit dem Kinn eine Geste Richtung Tony. »Bring ihn nach oben.«

Meine Wachen zerren ihn an mir vorbei, aber ich drehe mich noch einmal zu ihnen um. »Wartet. Säubert ihm zuerst die Lippe. Ich möchte meine Königin auf keinen Fall verärgern.« Ich zeige auf den Jungen. »Wirst du dich benehmen?«

Er starrt mich wütend an.

»Wenn du dich daran hältst, lasse ich dich losbinden. Aber wenn du diesen unheilvollen Weg weiterverfolgen willst, werden dich meine Leute weiterhin durch die Gegend schleifen.«

Er presst seine Lippen zu einem dünnen Strich zusammen, aber sagt: »Ich werde mich benehmen.«

»Gut. Meine Königin wird sich freuen, dich zu sehen.«

»Königin?« Marcos Augen weiten sich. »Das sagst du immer wieder. Willst du sie wirklich heiraten?«

»Genauso wie ich ihren ehemaligen Bräutigam töten wollte.« Ich lege einen Hauch von Stahl in meine Stimme. »Ich lasse diesen kleinen Vorfall auf sich beruhen – obwohl das unter anderen Umständen eine Kriegserklärung zwischen unseren Familien wäre.«

Er zieht eine Grimasse, während ich das sage. Krieg ist kein Spaß. Nicht, wenn die Straßen rot vor Blut sind und Männer wie Dominosteine fallen.

»Aber du hast Glück, dass ich dir meinen Schutz gewährt habe.«

Er könnte nicht noch verwirrter aussehen. »Schutz?«

Ich blicke Tony an. »Mach ihn sauber. Ich muss mich schon um genügend Dinge kümmern, auch ohne dass Sophia ihres kleinen Bruders wegen sauer auf mich ist.«

»Klar doch, Boss.« Tony geht vor den Wachen her. »Ich werde ihn im Auge behalten.«

Ich kehre ins Haus zurück und eile die Treppe hoch. Je näher ich meiner Zimmertür komme, desto mehr regt sich etwas in mir. Sie ist da drin. Ich kann ihren Atem spüren und ihre Süße auf meiner Zunge fast schmecken.

Ich sollte gehen. Mein Schneider sollte mit meinem Anzug fertig sein. Aber das Gefühl wächst, und ich merke, dass es der Hunger nach ihr ist. In ein paar Stunden wird sie mir gehören, aber ich will jetzt schon einen Vorgeschmack auf meine Beute haben.

Meine Männer bewachen sie, und ihre Augen sind geradeaus gerichtet, während sie den Flur hinunterstarren.

»Keiner wird hereingelassen.« Ich muss die Worte nicht aussprechen. Sie wissen es schon, aber ich sage es ihnen trotzdem.

»Ja, Boss.« Sie nicken.

Ich hebe meine Hand und klopfe leise.

»Ja?« Ihre Stimme hallt durch das Holz.

Ich öffne die Tür – und bin wie vom Blitz getroffen. Sie trägt nur einen Bademantel und sitzt vor einem Spiegel.

»Raus«, sage ich zu einer erschrockenen Carlotta.

Sie verschwindet schnell aus dem Zimmer, während ich mich an meine Beute heranpirsche.

Sophia steht auf, ihre Rehaugen sind weit aufgerissen und ihre Lippen geschürzt. »Was?«

Ich ziehe sie an mich und beanspruche ihren Mund. Nichts im Himmel oder in der Hölle kann das Bedürfnis, das ich für sie empfinde, stoppen, den Hunger, der mein Blut in Wallung bringt. Diese Art von Verlangen scheint unmöglich, gefährlich und alles verzehrend zu sein. Ich will mehr davon.

Ich neige ihren Kopf und schiebe ihr meine Zunge in den Mund. Sie gibt kurz einen hohen Ton von sich und umklammert mein Hemd mit ihren kleinen Händen.

Ich erkunde sie, fahre mit meinen Händen den Bademantel hinunter und fühle ihre üppigen Kurven, während ich ihren Mund verschlinge. Ich nehme eine ihrer Hände und drücke sie gegen die Vorderseite meiner Hose. Sie verdient es, zu wissen, was sie mir antut. Ein Anflug von Angst – etwas, was mir fremd ist – läuft mir den Rücken hinunter, als ich merke, wie sehr ich bereits von ihr gefangen bin. Schließlich ist sie meine Königin.

Trotzdem habe ich vor, diesen Körper zu besitzen und sie in jeder Hinsicht zu dominieren, bis sie meinen Namen schreit und unter mir zusammenbricht.

Ihre zaghafte Hand gleitet an meinem Schwanz hinunter und wieder hinauf. Meine Hüften zucken ihr entgegen, und ich will so sehr zwischen ihren Schenkeln sein, dass ich in ihren süßen Mund stöhne. Ich ziehe mich zurück und schaue auf ihre geschwollenen Lippen und ihre halb geschlossenen Augen. »Ich brauchte eine Kostprobe, *cara mia*.«

Sie stößt einen kleinen, sexy Seufzer aus. »Du küsst, wie du tötest. Perfekt.«

Ach. Du. Scheiße. Ich umfasse ihren Hintern und hebe sie hoch, bis sie sich auf mir spreizt. Ich drücke sie gegen die Wand und nehme ihren Mund wieder in Besitz, während ich meine Erektion gegen die Hitze zwischen ihren Beinen drücke.

Wenn ich nicht aufhöre, werde ich sie hier und jetzt ficken. Aber das fühlt sich einfach zu gut an. Ihre Brüste, die sich gegen meine Brust pressen, und ihre Hände, die sich an meinen Schultern festhalten. Ich werde sie erst heute Abend vollständig für mich beanspruchen, wenn sie ganz mir gehört. Also muss ich sie loslassen, sie wieder hinstellen und mich zurückziehen. Es kostet mich all meine Kraft, aber ich drehe mich um und gehe zur Tür. »Sei bereit für heute Abend, *cara mia*. Denn wenn du einmal mir gehörst, werde ich nicht mehr aufhören. Ich werde *niemals* aufhören, wenn es um dich geht.«

Ich öffne die Tür, und bevor sie sich schließt, höre ich ihr leise gesprochenes Wort. »*Gut*.«

7

SOPHIA

Sekunden, nachdem ich meine Gedanken ausgesprochen habe, höre ich, wie sich die Tür schließt. Ich stehe in meinem verrutschten Bademantel da und rieche den Duft meines zukünftigen Mannes. Er hat einen Hauch von rauchigem Scotch und Macht. Kann jemand wirklich nach Macht riechen? Weil er es tut. Sie strahlt in Wellen von ihm ab und umhüllt mich.

Ich greife nach oben und presse meine Finger an meine Lippen. Sie fühlen sich wund und geschwollen an, weil Nick meinen Mund beansprucht hat. Ich konnte sein Verlangen nach mir in seinem Kuss schmecken, konnte es in meiner Hand spüren, als ich ihn durch seine Hose streichelte und als er seine Erektion zwischen meine Beine presste, nachdem er mich an die Wand gedrückt hatte. Mein eigenes Verlangen durchnässt das hübsche Spitzenhöschen, das ich für ihn unter meinem Bademantel versteckt habe. Ich kann mich seiner Anziehungskraft nicht entziehen.

Ich möchte glauben, dass ich das hier nur tue, weil er geschworen hat, meinen Bruder zu beschützen, aber diese Rechtfertigung wird immer fadenscheiniger. Es geht um etwas Tieferes.

Ich will ihn. Diesen Mann, der meinen Ehemann vor wenigen Stunden getötet hat. Diesen Mann, der verlangt hat, dass ich ihn heirate. Diesen Mann, der in unserer Welt am meisten gefürchtet wird. Ich begehre ihn mehr, als ich es für möglich gehalten hätte. Ich zähle die Minuten, bis er seinen Ring auf meinen Finger und danach seinen Schwanz in mich schiebt und mich zu seiner macht. Aber was, wenn es wehtut? Ich stecke meinen Daumennagel zwischen meine Vorderzähne, während ich mir einen Moment lang darüber Sorgen mache. Dann höre ich damit auf. Weil es passieren wird. Und vielleicht wird es auch am Anfang wehtun, aber dann? Ich weiß, dass Nick dann dafür sorgen kann, dass es sich gut anfühlt. Die Art und Weise, wie er mich geküsst hat, ist eine Garantie dafür.

Ich fühle mich zu ihm hingezogen, obwohl er ein Mörder ist. Obwohl er alles verkörpert, von dem ich immer gesagt habe, dass ich es niemals lieben könnte. Er steckt genauso tief in diesem Leben fest wie ich. Bin ich naiv, wenn ich denke, dass er anders ist als die Männer, mit denen ich aufgewachsen bin? Vielleicht. Trotzdem, irgendetwas an ihm *ist* anders. Das muss es sein. Warum sollte ich mich sonst so fühlen? Ich habe mich noch nie zu jemandem so hingezogen gefühlt wie zu ihm. Sicher, mein Vater hat mich weggesperrt, aber viele seiner Männer kamen und gingen. Keiner von ihnen ist mir je aufgefallen. Sie haben mich nie dazu gebracht, über solche Dinge nachzudenken wie die, die ich mit Nick machen möchte.

Meine Wangen erröten bei den schmutzigen Gedanken, die in meinem Kopf herumwirbeln. Vielleicht bin ich nicht das gute Mädchen, das mein Vater erzogen hat, sondern eher ein freier Geist wie meine Mutter.

Ich beiße mir auf die Lippe. Sein Schwanz war so dick in meiner Hand. Ich schließe die Augen und versuche, mir vorzustellen, wie er aussehen wird, wie er in meinen Mund passt. Meine Gedanken werden unterbrochen, als sich die Tür wieder öffnet. Ich schaue auf und sehe Nick in der Tür stehen.

»*Cara mia*. Ich habe eine Sache vergessen«, sagt er, und kommt zu mir. Er hebt mein Kinn mit seinem Finger an, küsst mich sanft und flüstert mir ins Ohr: »Fass deine süße Muschi nicht an. Ich will, dass du deinen ersten Orgasmus entweder auf meiner Zunge oder meinem Schwanz bekommst.« Ich keuche, als ich bemerke, dass ich gerade schon dabei bin, mich selbst zu berühren. Ich ziehe meine Finger aus meinem Höschen und aus meinem Bademantel.

»Hast du hier drin Kameras?« Ich wende mein Kinn von ihm ab und sehe mich im Raum um. Vermutlich gibt es hier welche. Ich rümpfe die Nase und erwarte, dass er mein Kinn wieder zu sich dreht, aber das tut er nicht. Er beobachtet mich nur mit diesen prüfenden Augen, von denen ich weiß, dass sie mehr sehen können als andere.

53

Ich räuspere mich. »Ekelhaft. Ich stehe nicht auf diesen perversen Scheiß.« Das tue ich doch nicht, oder doch? Würde ich wollen, dass er mir dabei zusieht, wie ich mich selbst befriedige? Mein Unterleib geht bei dem Gedanken in Flammen auf, und ich schlucke heftig.

»Hier gibt es keine Kameras«, sagt er kühl.

Ich habe genügend Männer kennengelernt, um zu wissen, was sie tun. Ich habe die Frauen aus dem Schlafzimmer meines Vaters kommen und gehen sehen. Mein Blick schweift zum Bett hinüber, wo die Näherin mein Kleid platziert hat, aber dann sehe ich ihm wieder in die Augen. Es ist wahrscheinlich dumm, aber ich *glaube* ihm. Er sagt die Wahrheit, was eine Erleichterung ist.

Seine Hand kehrt zurück an mein Kinn, und seine Berührung ist unfassbar sanft. »Aber ich *werde* hier Kameras installieren, wenn ich herausfinde, dass du dich selbst berührst. Ich kann dich vielleicht nicht immer davon abhalten, aber ich möchte zumindest das Vergnügen haben, dir dabei zuzusehen.«

Meine Brustwarzen verhärten sich unter der Seide des Bademantels, als ich nur daran denke, dass er mir dabei zusieht, wie ich mich selbst befriedige. Es ist, als ob er meine schmutzigen Fantasien sehen könnte. Ich bezweifele, dass er in der Lage ist, mich auf eine andere Art und Weise dabei zu beobachten als auf einem Bildschirm. Ansonsten würde er sich auf mich stürzen. Ich kann es jetzt in seinen Augen sehen. Er kämpft gegen den Drang an, mich auf das Bett zu werfen und mich zu nehmen. Ich wette, er hat mit sich selbst zu kämpfen, seit wir hier angekommen sind. Vorhin hat er fast nachgegeben, und dann ist er gegangen. Aber er ist mit dem gleichen Feuer in seinen Augen zurückgekommen. Er will mich so sehr, dass ich es beinahe schmecken kann. Bei diesem Gedanken fühle ich mich stärker als je zuvor in meinem Leben.

Ich schließe die Augen. »Wie viele Frauen hast du in diesem Raum gehabt? Ich bin mir nicht sicher, ob ich in demselben Bett liegen möchte, in dem du andere hattest. Ich würde es vorziehen, wenn du deine Geliebten woanders treffen würdest.« Mit einem Ruck entziehe ich mich wieder seinem Griff. Ich bin ein Kind, das seine Grenzen austestet. Ich weiß es, aber ich fühle mich ausnahmsweise gerade mächtig und will sehen, wie weit ich gehen kann. Ich gehe zum Bett hinüber und greife nach meinem Kleid.

»Allein der Gedanke, dass du mit jemand anderem hier warst, ruiniert dieses Kleid. Das ist das zweite, das du an einem Tag zerstört hast«, schimpfe ich. Dann warte ich. Ich bin darauf gefasst, seine Wut zu spüren zu bekommen, aber ein Grinsen umspielt seine Lippen. Es sieht auf seinem Gesicht fast unnatürlich aus.

»Nur du und Carlotta dürfen in mein Zimmer«, sagt er gelassen.

»Oh.« Ich lasse das Kleid wieder fallen. Ich weiß, dass er die Wahrheit sagt. Er hat keinen Grund, zu lügen. Sein Grinsen wird breiter, als hätte er den Kampf gewonnen, den wir gerade führen, aber ich kann ihm nicht das letzte Wort überlassen. »Nun, du und Carlotta, ihr müsst es künftig woanders tun. Ich stehe auch nicht auf Dreier«, sage ich säuerlich und weiß, dass meine Worte völlig lächerlich sind.

Er tut das Letzte, was ich von ihm erwartet habe. Er wirft den Kopf zurück und lacht laut. »Du denkst, ich ficke Carlotta?« Er lacht weiter.

Der satte Klang vibriert durch meinen Körper, und ich drehe ihm den Rücken zu, damit er die Eifersucht, die mir ins Gesicht geschrieben steht, nicht sieht. Nein, ich glaube nicht, dass er mit Carlotta schläft, aber die Vorstellung, dass er mit irgendjemandem schläft, jetzt, wo er mein Mann sein wird, beunruhigt mich. Er hat nichts zu meiner Bemerkung über eine Geliebte gesagt. Ich weiß, dass es dumm und hoffnungslos ist, von einem Mann wie Nick Treue zu verlangen, aber ich will es trotzdem.

Ich spüre, wie er sich hinter mich stellt. Seine Hände umfassen meine Hüften, und er dreht mich zu sich. Ich schaue in seine erhitzten Augen.

»*Cara mia.*« Seine Lippen berühren leicht meine. »Carlotta ist wie eine Mutter für mich. Sie gehört schon sehr lange zu meiner Familie.«

»Eine Mutter?« Zum bestimmt hundertsten Mal heute denke ich an meine eigene Mutter.

»Ja, meine Mutter starb, als ich noch sehr jung war. Seitdem ist Carlotta immer für mich da gewesen.« Er zieht sich ein wenig zurück, und sein Blick ist immer noch intensiv, aber jetzt ein wenig traurig. »Was ist mit deiner?«

»Sie ist weggegangen.« Ich hasse den Klang dieser

Worte. »Sie hat mich verlassen, als ich noch klein war. An einem Tag war sie da, am nächsten war sie weg.«

»Sie ist einfach ohne ein Wort weggegangen?«

»Ja.« Ich kann nicht glauben, dass ich immer noch den alten Schmerz fühle. »Aber ich weiß, dass sie mich geliebt hat.«

»Dein Vater weiß nicht, wohin sie gegangen ist?«

»Nein, oder zumindest lässt er mich nicht danach fragen oder darüber reden.« Ich zucke mit den Schultern. »Entweder weiß er es nicht, oder er *weiß es*, will es mir aber nicht sagen.«

»Hmm.« Er scheint einen Gedanken zu haben, der ihm nicht über die Lippen kommt.

»Was?«

»Nichts.« Er kommt wieder näher. »Erzähl mir mehr davon, warum du denkst, dass ich die süße alte Carlotta ficke«, sagt er mit einem teuflischen Grinsen.

»Ich wollte dich hauptsächlich nur damit ärgern.« Meine Worte haben ihre Schärfe verloren. Ich sehe, dass er eine andere Art von Macht über mich haben wird. Eifersucht. Bei meinem letzten Ehemann hatte ich gehofft, dass er viele Geliebte haben würde, damit er mich weniger belästigen und mich vielleicht sogar vergessen würde.

»Es wird keine Mätressen geben. Das kann ich dir versprechen.« Er durchschaut mich mit so einer Leichtigkeit. Aber jetzt grinst er nicht mehr. Er hat keinen Spaß daran, mich zu verletzen oder eifersüchtig zu machen. Ich habe gesagt, dass ich Männer kenne, und das tue ich auch. Schlechte, wie meinen Vater.

Aber jetzt wird mir klar, dass ich noch nie einen Mann wie Nick Davinci kennengelernt habe.

Seine Lippen legen sich noch einmal auf meine, und ich lasse ihn meinen Mund in Besitz nehmen. Die Dinge, die er mit seiner Zunge machen kann, lassen meine Zehen kribbeln, und es fällt mir schwer, zu denken, während er mich festhält und mich so leicht beherrscht.

Ich unterbreche unseren Kuss, bevor es zu weit geht und *ich* auf diesem Bett lande. »Ich muss mich fertig machen, wenn du willst, dass die Hochzeit heute Abend stattfindet.«

Er tritt einen Schritt zurück und hebt meine Hände zu seinem Mund.

»Ich kann deinen süßen Duft an deinen Fingerspitzen riechen«, sagt er, bevor er eine in seinen Mund nimmt. Ein leises Knurren ertönt tief aus ihm. »Denk daran, was ich gesagt habe, *cara mia*. Fass dich nicht an.« Mit diesen Worten lässt er meine Hände los, dreht sich um und lässt mich allein, damit ich mich herrichten kann.

8

NICK

Marco kommt den Flur entlang, und in seinen auf mich gerichteten Augen ist nur ein Hauch von Mordlust zu sehen. Wenigstens wurde seine Lippe so behandelt, dass man die Verletzung kaum erkennen kann.

»Sie macht sich für heute Abend fertig«, warne ich ihn. »Klopf zuerst an.«

Ich drehe mich um und sage zu meinen Männern: »Er kann kommen und gehen, wie es ihm gefällt. Für euch ist er ein Teil dieser Familie.«

»Ich bin ein Scalingi.« Er bläht seine Brust auf.

»Hör zu, Junge.« Meine Stimme ist so ruhig wie möglich. »Ich bin mir sicher, dass du drüben im Scalingi-Haus verdammt hart drauf bist. Aber hier bist du ein Gast. Ich erwarte, dass du dich entsprechend benimmst.«

»Also kann ich jederzeit gehen?«, fragt er.

Verdammt, dieser Junge strotzt voller Energie. Ich

war wahrscheinlich genauso, als ich in seinem Alter war, aber das ist über ein Jahrzehnt her. »Wie alt bist du, siebzehn, achtzehn?«

»Fünfzehn.« Sein Stolz könnte einen Elefanten erwürgen, und sein Trotz erinnert mich an seine Schwester.

Die Neigung seines Kopfes, der Blick in seinen Augen – vielleicht hat er diese Eigenschaften von meiner Sophia. Trotzdem muss er wissen, wer der Herr in diesem Haus ist.

»In Ordnung, fünfzehn. Benimm dich. Jeder hier weiß, wie der Hase läuft. Du bist der Bruder meiner Braut. Reiß dich zusammen, dann wird alles gut.«

»Du kannst sie dir nicht einfach so nehmen.« Er tritt näher an mich heran. Er ist noch nicht so nah, dass er förmlich darum bettelt, dass ich ihn schlage, aber er ist dicht dran.

»Hast du diesen Einwand gehabt, als dein Vater sie an Antonio Tuscani verkauft hat?« Ich mache einen Schritt auf ihn zu. *In* seinen Bereich. *Bettle* darum, dass er einen Schritt macht. Weil sich niemand mit mir anlegt. Ich will, dass der Junge mich mag, dass er mich wie einen Bruder sieht, aber ich lasse mir nichts gefallen. Nicht einmal von ihm.

Sein Blick wandert weg und dann wieder zurück zu meinen Augen. »Ich habe meinem Vater gesagt, er soll sie in Ruhe lassen … und sie machen lassen, was sie will.«

Das ist doch einmal ein Anfang. »Was will sie?«

»Also …« Er zuckt mit den Schultern und beäugt

mich misstrauisch, fährt dann aber fort: »Sie hat immer gerne geschrieben. Keine Bücher, aber sie hat eine Million Zeitschriften und liebt es, kulturelles Zeug zu lesen. Klamotten und so. Kunst. Was auch immer die neuesten Trends sind.«

»Sie schreibt?« Diese Tatsache weckt mein Interesse. Ich habe vor, viel Zeit damit zu verbringen, mehr über meine Braut zu erfahren und jeden Teil von ihr zu entdecken, um zu versuchen, dieses unstillbare Verlangen nach ihr und die blitzschnelle Verbindung, die wir haben, zu verstehen, und ein Vorsprung schadet nie.

»Ja.« Er scheint sich ein wenig zu entspannen. Seine Schultern sinken ein wenig, und sein Temperament beruhigt sich.

Ich trete zurück. »Geschichten?«

»Sie tut so, als würde sie für diese Magazine oder Websites arbeiten und ihre eigenen kleinen Storys schreiben.«

»Hast du sie gelesen?«

»Pfft. Ich lese diesen Mist nicht.« Er schaut zu den stämmigen Wachen vor ihrer Tür. »Zu, ähm, mädchenhaft. Darauf stehe ich nicht. Für mich nur Pornos. Und Technikzeitschriften. Motorräder. Solche Sachen.«

Ich grinse. Er hat gelesen, was sie geschrieben hat.

Er fährt fort: »Aber ich weiß, dass sie eine gute Autorin ist. Man könnte meinen, sie wäre in einem Penthouse in New York oder auf dem Weg zu dieser Modewoche. So gut ist sie. Aber sie durfte nie tun, was sie wollte.« Er runzelt die Stirn, und sein junges Gesicht verwandelt sich für einen Moment in ein viel älteres. »Unser Vater wäre ausgeflippt, wenn er das wüsste, also hat sie es versteckt und schließlich aufgehört.«

»Warum?«

»Weil mein Vater beschlossen hat, dass sie als Braut für die Tuscanis besser geeignet ist als alles andere. Als sie herausfand, dass er sie Antonio versprochen hatte«, er begegnet meinem Blick, »hat sie einfach aufgehört.«

Interessant. Ich speichere diese Informationen, mit der Absicht, sie später hervorzuholen und sie genauer zu analysieren. In Sophia steckt noch mehr, als ich mir bereits gedacht habe, und das macht sie nur noch begehrenswerter. Aber ich habe ihr – und mir selbst – versprochen, dass ich warten würde. Egal, wie sehr ich dort hineingehen und mit ihr reden, sie küssen, ficken, sie zum Stöhnen bringen will, ich werde es nicht tun. Diese Verbindung wird heilig sein, und dann werde ich unser Band so fest machen, dass nichts es jemals erschüttern kann.

»Was, glaubst du, wirst du davon haben, sie auf diese Weise zu nehmen?« Die Arroganz ist zurück, als ob Marco sich gerade daran erinnert hat, dass er den harten Typen spielen muss.

»Eine Königin.« Direkter kann ich es nicht ausdrücken.

»Du meinst ein Spielzeug.«

»Nein. Ich meine, dass sie mir ebenbürtig sein wird, dass wir über diese Familie und die Tuscanis herrschen und an jedem Blut und Vergeltung üben werden, der uns in die Quere kommt.«

»Warum?« Er fährt sich mit der Hand durch sein dunkles Haar. »Du hast ihren Mann getötet und sie dann gestohlen. Das wird nie funktionieren.«

»Imperien wurden auf weniger errichtet.« Ich lächele, aber ich weiß, dass es kalt ist. Die Einzige, die in der Lage zu sein scheint, mich zu wärmen, steht mit einem nassen Höschen und rosafarbenen Wangen hinter meiner Schlafzimmertür.

»Sie ist keine Kriegsbeute.« Er legt mehr Kraft in seine Stimme.

»Das stimmt, und ich denke, du wirst feststellen, dass …«

Die Schlafzimmertür öffnet sich, Sophia tritt heraus, und ihr Blick richtet sich auf ihren Bruder. »Marco!« Sie rennt zu ihm, und er fängt sie in seinen Armen auf.

Die Welle der Eifersucht ist fehl am Platz. Erstens, weil ich kein eifersüchtiger Mann bin. Zweitens, weil es ihr Bruder ist. Aber ich fange an zu glauben, dass der erste Punkt falsch ist, wenn es um Sophia geht. Ich bin noch nie eifersüchtig gewesen, aber sie bringt es in mir zum Vorschein. Ich möchte meinen Männern am liebsten befehlen, ihren verdammten Blick zu senken, wenn sie ihr begegnen. Weil sie mir gehört. Nur ich liebe sie, halte sie in meinen Armen, betrachte sie und – definitiv – ficke sie. Sie hat diese Anziehungskraft auf mich, als ob sie schon mein ganzes Leben lang da gewesen wäre und ich nur darauf gewartet hätte, sie zu finden. Jetzt, wo ich sie habe, werde ich sie nie wieder loslassen.

»Oh mein Gott, Marco, du bist hier.« Sie umarmt ihn. »Du bist wirklich hier, und du bist in Sicherheit.«

»Es geht mir gut. Geht es dir gut?«

»Ja. Wie bist du hierhergekommen? Weiß Vater davon?« Sie zieht sich zurück und mustert sein Gesicht. »Hey, was ist mit deiner Lippe passiert?«

»Ich lasse euch beide allein reden.« Ich spreche die Worte aus, obwohl ich sie ihm am liebsten entreißen und in mein Zimmer sperren würde, damit ich ihr meinen Stempel aufdrücken kann. *Es ist ihr Bruder*, erinnere ich mich.

»Du gehst?«, fragt sie.

Diese Unschuld in ihrer Stimme, das Vertrauen und die Sehnsucht … verdammt nochmal. Das war es für mich gewesen. Dante hatte recht, als er sagte, dass ich für immer vom Markt bin, denn wenn sie mich so fragt, als ob sie will, dass ich für immer bleibe, kann ich keine Worte finden.

Anstatt zu antworten und mich zu verraten, nicke ich einfach und gehe die Treppe hinunter. Sie braucht Zeit mit ihrem Bruder, und ich muss dafür sorgen, dass die Hochzeit wie geplant stattfinden kann.

Mein Schneider kommt mit dem Smoking über seine dünnen Arme gelegt zu mir. »Bitte, Signore. Noch einmal.«

»In Ordnung.« Ich winke ihn in mein Büro, gerade als Dante mit einer drallen Blondine am Arm durch die Vordertür kommt.

»Boss, ich möchte dir Ava Carnegie vorstellen.«

»Miss Carnegie?« Ich gehe zu ihr und schüttele ihre warme Hand. »Willkommen.«

»Ah, danke?« Sie sieht sich um. »Aber ich bin mir nicht sicher, warum ich hier bin.«

»Sie sind ein Gast.« Ich lächele, und sie zuckt ein wenig zurück. Ich weiß, dass ich ein gutaussehender Mann bin, aber ich habe auch etwas Besonderes an mir, eine Kälte, die sich in mir eingenistet zu haben scheint, als ich mit vierzehn meinen ersten Mord begangen habe. Ich bin ein Raubtier, und wenn Beute in der Nähe ist, kann sie es spüren. An der Art und Weise, wie Miss Carnegie mich anstarrt, kann ich erkennen, dass sie Beute ist. Der einfachen Art. Kein Wunder, dass Lorenzo Scalingi sie ausgewählt hat.

»Ein Gast?« Sie schluckt schwer.

»Natürlich.« Ich winke sie in Richtung des vorderen Wohnzimmers. »Fühlen Sie sich bitte wie zu Hause. Die Zeremonie wird in etwa einer Stunde beginnen. Carlotta wird sich um Ihre Bedürfnisse kümmern.«

Als ob sie von der Erwähnung ihres Namens gerufen worden wäre, erscheint Carlotta aus dem hinteren Flur. »Kommen Sie, Miss Carnegie, ich werde mich eine Weile zu Ihnen setzen. Ich habe gehört, dass Ihre süßen Brötchen an Ostern *das* Gesprächsthema in der Nachbarschaft sind.«

Miss Carnegie ist sichtlich erleichtert, und die Krähenfüße in ihren Augenwinkeln glätten sich, während sie sich an Carlottas Wärme klammert. »Nun, ja, es ist ein Familienrezept.«

Ich ziehe Dante zur Seite. »Hat jemand gesehen, wie du sie mitgenommen hast?«

Er schmunzelt. »Alle.«

Ich klopfe ihm auf die Schulter. »Gut. Sag den Männern, dass Ärger im Anmarsch ist. Seid bereit.« Ich halte inne und schaue die Treppe hinauf, wo meine süße Braut auf mich wartet. »Aber es ist mir egal, ob der dritte Weltkrieg ausbricht, ich *werde* Sophia Scalingi heute Abend heiraten.«

9

SOPHIA

Ich umarme meinen Bruder fest. Er ist hier bei mir. »Geht es dir wirklich gut?« Ich greife nach oben, umfasse sein Gesicht und schaue auf seine frisch aufgeplatzte Lippe.

»Soph, mir geht es gut«, sagt er und zieht meine Hand herunter.

Ich beiße mir auf die Lippe, um nicht zu lächeln, denn ich habe vergessen, dass wir immer noch im Flur stehen und Wachen in unserer Nähe sind. Er will nicht, dass ich ihn vor allen Leuten verhätschele, aber ich kann einfach nicht anders. In meinen Augen wird er immer ein Baby sein.

»Komm mit.« Ich fordere ihn auf, mein Zimmer zu betreten.

Seine Augen schweifen umher und inspizieren alles. Unser eigenes Haus ist nichts, worüber man sich beschweren könnte, aber Nicks Haus ist etwas ganz anderes. Das ist eine Liga für sich. Es erinnert mich an eine riesige verdammte Burg. Alles darin ist elegant, aber nicht übertrieben. Es ist atemberaubend, ohne angeberisch zu sein. Ich war zu sehr in Nick vertieft, um meine Umgebung wahrzunehmen, bis ich jetzt bemerke, wie mein Bruder das alles verarbeitet und aufnimmt.

Die Türen schließen sich hinter uns, und ich drehe mich um und zeige auf seinen Mund. »Wer hat das mit deiner Lippe gemacht?«

»Das war mein eigenes Werk.«

Ich ziehe eine Augenbraue hoch.

Er zuckt mit den Achseln. »Das war es wirklich. Vielleicht habe ich versucht, hier über die Mauer zu klettern«, sagt er verlegen.

»Marco!« Ich schlage ihm auf die Brust. Dann sehe ich, dass ich immer noch meinen Ehering von meinem ersten Mann trage. Ich sollte ihn ausziehen. Ich bin überrascht, dass Nick ihn mir nicht vom Finger gerissen hat. Er fühlt sich wie eine ungewollte Last an, eine Erinnerung daran, dass mein Leben einen anderen Verlauf hätte nehmen können, wenn es Nick nicht gegeben hätte. Auch wenn ich nicht weiß, welchen Weg er mit mir einschlagen will, weiß ich, dass er besser sein wird als der vorherige. Das muss so sein. Ich lasse mich im Moment nicht vom Gegenteil überzeugen.

»Ich musste versuchen, zu dir zu kommen.« Er zieht die Brauen zusammen. »Um dich vor diesem Monster zu retten. Sein Ruf ist noch schlechter als

Antonios. Er hat schlimme Dinge getan, Soph. Er ist ein böser Mann. Ich konnte ihn dich nicht einfach mitnehmen lassen.«

Ich nehme meine Hand von seiner Brust. Ich habe gewusst, dass er versuchen würde, mich zu finden. Das ist einer der Gründe, warum ich mich sofort beruhigt habe, als Nick mir sein Versprechen gab, Marco zu beschützen. Ich erschaudere bei dem Gedanken, was mit Marco passiert wäre, wenn er ohne Nicks Schutzversprechen dieses Grundstück betreten hätte.

»Wenn du Dummheiten machst, wirst du sterben«, erinnere ich ihn. Der Sinn meines Lebens wäre weg. Marco ist der Grund, warum ich all diese Opfer bringe. Ich möchte, dass er das Leben führen kann, das er möchte. Als er jünger war, war es einfacher, weil er noch nicht alt genug war, um von meiner Familie benutzt zu werden. Ich vermisse diese Tage. Seitdem er ein Teenager wurde, begann ich, mir ständig Sorgen zu machen. Ich lebte in Angst um sein Leben. Ich muss mich opfern, um ihn zu beschützen. Zumindest habe ich mir das heute Morgen eingeredet.

Das Leben fängt an, sich so anzufühlen, als könnte es mehr für mich geben, aber ich darf meine Gedanken nicht dorthin lenken. Ich habe gelernt, dass Hoffnung einem nichts bringt, wenn man von solchen Männern umgeben ist. Die Frage, was für ein Mensch Nick ist, ist noch nicht geklärt. Wird er am Ende wie Antonio sein? Vielleicht wird er sich genauso verhalten wie mein Vater und mein Großvater, sobald er bekommt, was er von mir will. Er scheint nicht so zu sein, aber es ist erst ein paar Stunden her, seit wir uns kennengelernt haben. Durch meine bisherigen Erfahrungen muss ich denken, dass Nick eine Show abzieht, damit seine Braut nicht schreiend und tretend zum Altar geht. Aber das ergibt keinen Sinn, denn ich habe ihm bereits zugesichert, dass ich ihn heiraten werde, wenn er meinen Bruder beschützt. Es gibt keinen Grund für ihn, weiterhin all diese besonders netten Dinge für mich zu tun, außer, weil er es will. Ich könnte die Art und Weise, wie Nick mich behandelt, sogar als süß bezeichnen, aber dieses Wort fühlt sich an Orten wie diesem nie richtig an.

»Es tut mir leid. Ich bin ausgeflippt, als ich gehört habe, was passiert ist.« Marco fährt sich mit den Händen durch sein struppiges Haar, das einen Schnitt vertragen könnte. Er macht immer das Gleiche, wenn er nervös ist.

»Frag mich mal.« Ich deute mit meinem Kinn auf sein zerzaustes Haar. Er lässt seine Hand bei meinem Hinweis fallen. Es ist nicht so, dass es mich stört, wenn er so eine Angewohnheit hat, aber bei unserem Lebensstil ist das keine Option. Ich will nicht, dass andere das mitbekommen.

»Lorenzo hat nichts getan, außer auszuflippen, und ich wollte nicht rumsitzen und warten.« Er richtet sich auf, als er *Lorenzo* sagt und sich weigert, ihn Papa zu nennen.

Ich habe versucht, streng mit ihm zu sein, aber ich

knicke wieder ein und umarme ihn erneut. Ich muss mich bei Nick bedanken, dass er mir diese Zeit mit meinem Bruder geschenkt und dass er Wort gehalten hat.

»Du hättest dich nicht in Gefahr begeben dürfen. Ich kann auf mich selbst aufpassen, okay? Ich mag zwar eine Prinzessin aus einem verschlossenen Turm sein, aber ich habe viel mitbekommen, während ich Lorenzo bei seinen schmutzigen Geschäften zugesehen und zugehört habe. Ich bin nicht naiv ... nun ja, nicht so sehr, wie du denkst. Ich bin mit offenen Augen in die Ehe mit Antonio gegangen, und das tue ich auch jetzt. Aber vielleicht wird dieses Mal mehr daraus.«

»Mehr? Mit Nick Davinci?« Seine Augen verengen sich. »Sie haben Angst vor ihm. Sie sagen es nicht, aber ich habe es in den Gesichtern von Pasquale und Lorenzo gesehen.«

Ich schlucke. Es ist schwer, sich vorzustellen, dass die Menschen, die du fürchtest, Angst vor etwas haben. Wenn die Scalingis Angst haben, dann gibt es einen echten Grund dafür. Am Ende des Abends werde ich mit diesem Grund verheiratet sein. Dieser Gedanke sollte mich eigentlich erschrecken, aber Nick hat sich nicht so verhalten, dass ich mir Sorgen machen würde.

»Er war nett zu mir.« Ich erzähle ihm nicht, dass ich zugestimmt habe, Nick zu heiraten, wenn er mir verspricht, Marco zu beschützen. »Ich muss verheiratet sein. So ist das nun mal. Du weißt das, und ich weiß das.«

»Scheiße. Ich hasse diese Scheiße!« Er schreit den letzten Teil.

»Mrs. Davinci?« Ein hartes Klopfen ertönt an der Tür, bevor sie aufschwingt. Einer der Wachmänner steht draußen. »Geht es Ihnen gut?« Sein Blick wandert von mir zu meinem Bruder.

»Nicht Mrs. Davinci, noch nicht.« Mein Bruder dreht sich dem Wachmann zu.

Ich ergreife seine Schulter und ziehe ihn zurück. Er wird noch verletzt werden, wenn er sich nicht zusammenreißt. Marco macht von allein einen Schritt zurück. Ich glaube nicht, dass ich ihn bewegen kann, wenn er mich nicht lässt.

»Raus«, sage ich dem Wachmann und deute nach draußen. Ich bin überrascht, als er nur nickt und die Tür schließt, um meine Anweisung zu befolgen. Wir stehen einen Moment lang schweigend da.

»Er hat auf dich gehört. Das ist … unerwartet.« Marco stößt einen langen Seufzer aus. Ich glaube, aus Erleichterung. »Hör zu, Soph, jeder hat Angst vor Nick Davinci.« Er dreht sich um und sieht mich an. »Ich kann niemanden dazu bringen, mir Genaueres zu sagen. Alle bekreuzigen sich nur oder reden im Flüsterton über all die Männer, die er getötet hat. Er ist kein guter Mensch. Du musst wissen, worauf du dich einlässt.«

Ich warte darauf, dass ein Schauer durch meinen Körper läuft, aber ich spüre nur Wärme. Ich weiß nicht, ob ich dankbar dafür sein sollte oder nicht. Lasse ich mein Schutzschild zu leicht fallen? Vielleicht. Aber was gibt es zu verlieren? *Dein Herz*, flüstert mein Verstand.

»Führst du mich zum Altar?«, frage ich mit nur leicht erzwungener Fröhlichkeit. Was bringt es mir, mich mit all den negativen Dingen zu beschäftigen, die mit meinem Bräutigam einhergehen? Die Realität ist, dass es passieren wird. Ich weiß nur, dass ich mich nicht in Gefühllosigkeit hüllen muss, wie ich es tat, bevor ich Antonio heiraten sollte. Mit Nick fühle ich mich nicht wie eine Insassin im Todestrakt, die auf ihre Hinrichtung wartet. Das muss doch etwas bedeuten.

»Du willst, dass ich dich weggebe? Das wäre, als würde ich Vat...« Er hält inne und korrigiert sich: »Lorenzo ins Gesicht spucken.«

»Nick hat gesagt, ich kann haben, was ich will.« Ich zucke mit den Schultern. »Und ich möchte, dass du mich zum Altar führst.«

Ein Klopfen ertönt an der Tür. »Ja?«, sage ich. Carlotta öffnet die Tür.

»Soll ich Ihnen in Ihr Kleid helfen?«, fragt sie.

»Ja, bitte.« Ich schaue zu meinem Bruder. »Warte einen Moment draußen.« Er beugt sich vor und küsst mich auf die Wange.

Ich flüstere: »Halt deine freche Klappe. Ruiniere mir nicht den Hochzeitstag.« Wir lächeln beide über die wortwörtliche Doppeldeutigkeit.

»Es wäre mir eine Ehre, dich zum Altar zu führen, Soph. Ich bete, dass es ein Mann ist, der dir nie ein Haar krümmen wird.« Er dreht sich um und geht.

Ich sehe ihm hinterher und verstehe seine

Vorbehalte. Er will an meiner Seite sein, aber er will nicht derjenige sein, der mich einem Mann übergibt, der mir wehtun wird. Es ist eine Sache, wenn er dabei zusieht, wie er es heute Morgen mit Antonio gemacht hat. Es ist etwas anderes, die Person zu sein, die es tut.

»Ich mag Sie so. Es ist passender.« Carlotta fummelt an dem Kleid herum. »Sie brauchen das ganze Make-up nicht.«

»Danke.« Ich lasse den Bademantel fallen, während Carlotta mir hilft, in mein Kleid zu schlüpfen. Es sitzt wie angegossen. Das seidige Material umschmeichelt meinen Körper und gibt mir das Gefühl, schön zu sein. Carlotta lächelt mich an, wie eine stolze Mutter. Tränen steigen mir in die Augen, als ich an meine eigene Mutter denke.

»Wunderschön.« Sie verschränkt ihre Hände vor sich.

Ich drehe mich um und schaue in den riesigen Spiegel, der in der Ecke des Raumes steht. Dieses Mal fühle ich mich tatsächlich schön für meine Hochzeit. Mein Herzschlag beschleunigt sich, während ich mich frage, was Nick denken wird, wenn er mich sieht.

Carlotta stellt sich hinter mich. »Werden Sie mit denen klarkommen?«

Ich stoße einen kleinen Schrei aus, als ich die Absatzschuhe sehe, die sie in ihren Fingern baumeln lässt. Jeder Millimeter von ihnen ist mit Diamanten bedeckt. Ich hebe mein Kleid hoch, und sie hilft mir, sie anzuziehen. Dann lasse ich das Kleid wieder fallen und schaue in den Spiegel, um sicherzugehen, dass ich nur kleine Blicke auf die Schuhe erhasche. Sie sind so übertrieben, dass sie von dem wunderschönen Kleid ablenken könnten, das Nick mich auswählen ließ. Alles passt gut zusammen, und ich freue mich dieses Mal darauf, zu heiraten. Unter diesen Umständen ist es ein seltsames Gefühl. Eines, das nicht einmal ich selbst verstehe.

»Kommen Sie runter, wenn Sie bereit sind.« Carlotta drückt mir kurz die Hand, bevor sie den Raum verlässt. Mein Bruder steht im Türrahmen.

»Du siehst toll aus.« Er hält mir seine Hand hin, und ich ergreife sie. »Wir verschwinden einfach.« Er zieht eine Augenbraue hoch. Die beiden Wachen an meiner Tür sehen nicht so amüsiert über seinen Scherz aus. Zumindest glaube ich, dass es ein Scherz war.

»Mit diesen Absätzen schaffe ich das nie«, necke ich und lege meinen Arm in seinen.

Er führt mich die Treppe hinunter.

»Weißt du, wohin wir gehen oder wie es passieren wird?«, frage ich, als wir im Erdgeschoss angekommen sind. Ich bemerke, dass die beiden Wachen uns folgen, aber sie halten einen großen Abstand.

»Keine verdammte Ahnung.«

»Du und dein freches Mundwerk.« Ich schüttele den Kopf.

Marco murmelt eine Entschuldigung. Wir stehen einen Moment lang da und wissen nicht, wohin wir gehen sollen. Ich werfe einen Blick auf zwei Doppeltüren, von denen ich denke, dass ich Stimmen hinter ihnen hören kann. Ich gehe in diese Richtung und ergreife den Türknauf.

»Vielleicht solltest du nicht einfach …«

Ich reiße die Tür auf.

»… beliebige Türen öffnen«, beendet Marco den Rest des Satzes.

Sechs Männer, alle in Anzügen, drehen sich in meine Richtung. Mein zukünftiger Ehemann sitzt hinter dem Schreibtisch, und ich weiß, dass ich ein Meeting unterbrochen habe. Ich spüre, wie das gesamte Blut aus meinem Gesicht fließt. Ich weiß es besser, als geschlossene Türen zu öffnen, wenn ich Stimmen dahinter höre. Man unterbricht niemals ein Treffen. *Niemals.* Diese Lektion habe ich schon früh im Leben gelernt. Meine Mutter hat sie mir eingeimpft.

Meine Augen treffen Nicks, als er aufsteht. Sein Blick wandert meinen Körper hinunter, und das schelmische Lächeln auf seinem Gesicht verrät mir, dass ihm das Kleid gefällt. »*Cara mia.*«

Der ganze Raum ist still, als er um seinen Schreibtisch herumgeht. »Komm zu mir.« Er streckt die Hand aus und bittet mich, sein Büro zu betreten.

»Ich hätte …«

Er zwinkert mir zu, und seine dunklen Augen sind auf mich gerichtet. »Du musst an keine Tür in deinem eigenen Reich klopfen, meine Königin.«

Ich lächele und betrete sein Büro. Plötzlich fühle ich mich leichter.

»Komm zu mir.« Er macht wieder eine Bewegung mit seinen Fingern.

Ich weiß, dass uns alle beobachten. Wenn wir nur zu zweit wären, würde ich mich schüchtern geben und ihn reizen, aber da alle zusehen, gehe ich zu ihm und lege meine Hand in seine. Wenn ich seine Königin sein will, muss ich mir genau überlegen, wann ich diese Spiele spielen will. Für den Moment hebe ich sie mir für ein anderes Mal auf.

10

NICK

Ich habe mich nie als Glückspilz betrachtet. Nicht bei meiner Vergangenheit. Leichen pflastern meinen Weg, und ich werde so viele Männer wie nötig vernichten, um meine Position zu halten. Aber als ich meine zukünftige Braut mit ihren leuchtenden Augen in ihrem Kleid sehe, mit ihrem dunklen Haar, das über die Schultern fällt, und ihrem Körper, der ihr wunderschönes weißes Kleid perfekt ausfüllt, wird mein Mund trocken.

Ist es mir egal, dass sie ein Meeting unterbrochen hat? Nein, verdammt. Will ich sie auf dem Rücken liegen haben und mein Gesicht zwischen ihren Beinen vergraben? Auf jeden Fall.

Aber ich muss geduldig sein, also setze ich sie auf meinen Schoß.

»Macht weiter.« Ich lehne mich zurück, damit sie sich auf meine Beine setzen kann.

Zuerst sitzt sie auf mir wie ein Vogel, aber dann

ziehe ich sie näher heran. Sobald ich meine Arme um sie geschlungen habe, lehnt sie sich an mich.

Gio räuspert sich und schaut überallhin, nur nicht zu meiner Braut. Gut.

»Wir haben die fehlende Lieferung im Tuscani-Lagerhaus in der Water Street gefunden.«

»Vollständig?«, frage ich.

»Alles außer dem, was Antonio vor seiner Hochzeit durch die Nase gezogen hat.« Dante grinst.

Bei der Erwähnung seines Namens versteift sie sich. Ich fahre mit meiner Hand über ihren Arm und ergreife ihre Hand, an der ich etwas Hartes spüre. Etwas, was dort nicht hingehört. Als ich ihre kleinen Finger zu meinem Gesicht ziehe, sehe ich etwas Goldenes an ihrem Ringfinger.

Ich will knurren, aber ich beiße die Zähne zusammen. Trotz meines Zornes ziehe ich den Ring vorsichtig von ihrem Finger und halte ihn dann gegen das Licht.

»Hat dir dieser Ring gefallen, *cara mia*?« Ich schaue in ihre karamellbraunen Augen.

»Nein.« Sie senkt den Blick, und eine Haarsträhne fällt ihr ins Gesicht, wodurch eine Narbe auf ihrer Stirn zum Vorschein kommt. Sie ist klein, weiß und befindet sich direkt am Haaransatz. »Was ist da passiert?«

Sie lässt ihr Kinn noch weiter sinken. »Das ist schon eine Weile her. Mein Vate... ähm, Lorenzo. Er mochte es nicht, dass ich nach meiner Mutter gefragt habe, also hat er ...« Sie schweift ab, aber mehr muss sie nicht sagen. Ich weiß, was dieser Bastard getan hat, und er wird dafür bezahlen. Teuer.

»Versteck dich nicht vor mir.« Sanft hebe ich ihr Kinn wieder an. »Du bist eine Königin. Vergiss das nie.«

»Okay.« Sie presst ihre Lippen aufeinander und atmet tief ein. »Ich hätte den Ring abnehmen sollen. Es tut mir leid.«

»Es gibt nichts, was dir leidtun müsste.« Hat sie Angst vor mir? Eigentlich will ich, dass sich *jeder* vor mir fürchtet. Ich musste nicht *Der Fürst* von Machiavelli lesen – obwohl ich es getan habe –, um zu wissen, dass es besser ist, gefürchtet als geliebt zu werden. Aber dieses Verlangen änderte sich in dem Moment, als ich sie an dem kalten toskanischen Tisch sitzen sah, bereit für ihr Schicksal, aber nicht in der Erwartung, dass es in meiner Gestalt erscheinen würde. »Du brauchst keine Angst vor mir zu haben. Verstanden?«

»Ich …« Sie zieht die Brauen zusammen.

»Ich schwöre hier vor all meinen Männern, dass ich *niemals* meine Hand gegen dich erheben werde. Du brauchst keine Angst vor mir zu haben, *cara mia*. Eher würde ich mir das Herz herausschneiden, als deinem auch nur den geringsten Schaden zuzufügen.«

Ihr Mund öffnet sich zu einem überraschten »Oh«, was mich auf eine Menge schmutziger Ideen bringt. *Bald, cara mia.*

Ich streiche mit meiner Hand über ihren Rücken und genieße jeden Zentimeter ihrer warmen Haut.

»Du wurdest von deinem Vater verkauft. Dieser Ring sollte dich in einen Käfig sperren, dich in Schach halten und dir zeigen, wem du gehörst. Stimmst du mir zu?«

»Ja«, antwortet sie schnell.

»Deshalb müssen wir ihn zerstören.«

»Ja«, sagt sie mit mehr Nachdruck. »Bitte.«

»Betrachte es als erledigt.« Ich werfe den Ring zu Tony. »Bring den direkt zu Caravagios Metallwerkstatt. Er soll ihn einschmelzen. Dann nimm das Gold und wirf es in den Fluss, wo es für immer bleiben wird, bedeckt mit Schlamm und vergessen, genau wie der unwürdige Mann, der dachte, er könnte ihn benutzen, um meine Königin einzusperren.«

»Ja, Boss.« Er eilt hinaus.

Ich lehne mich zurück und fahre mit meinen Fingern weiter über ihre warme Haut. »Und was gibt es sonst noch Neues?«

Gio holt sein Telefon heraus und grinst. »Rate mal, wer gerade am Eingangstor aufgetaucht ist.«

Ich beuge mich vor und drücke meine Lippen auf Sophias Ohr. »Es ist dein Vater.« Ich fahre mit meiner Hand zu ihrem Nacken und drücke sie fest an mich, ohne sie zu erdrücken. »Er denkt, er kann dich mir wegnehmen. Kann er, *cara mia*?«

»Nein.« Ihre gehauchte Stimme lässt meinen Schwanz heiß werden, und ich bewege meine Hüften, damit sie spüren kann, was sie mit mir macht.

»Willst du zu ihm zurückgehen?« Ich lasse meine Hand unter ihren glatten Rock gleiten, bis ich den

Saum erreiche, und fahre dann mit meinen Fingern ihre Wade hinauf bis zu ihrem Oberschenkel.

»Nein.« Sie gibt ein süßes Geräusch von sich.

Ich bewege meine Finger höher, um den Rand ihres Spitzenstrumpfbandes zu kitzeln, das ich später am Abend zwischen meinen Zähnen haben werde. »Willst du bei mir bleiben?«

Ihre Augen weiten sich und ich lecke an ihrer Ohrmuschel. Als meine Finger höher wandern und ihr Höschen streifen, umklammert sie meinen Arm. »Ja.«

»Feucht für mich, *cara mia*?«, flüstere ich ihr ins Ohr und streiche dann an der Spitze entlang, bis ich die süße Stelle zwischen ihren Schenkeln erreiche, die für das Vergnügen gemacht ist.

Ihr Körper spannt sich an, als ich die Spitze meines Fingers gegen sie drücke und ihn dann langsam hin und her bewege. Sie schließt die Augen, ihr Kopf fällt zurück, während ich ihren Hals küsse. Meine Finger arbeiten an ihrem durchnässten Höschen, während mein Schwanz danach verlangt, befreit zu werden, um in die enge Jungfrau auf meinem Schoß einzudringen. Ich muss aufhören, sie zu berühren, um diese Qual zu beenden, aber ich tue es nicht. Ich fahre fort, ihren süßen Punkt zu reiben, bis sie sich auf meinem Schoß windet. Ihre Hüften bewegen sich ruckartig, während ich sie streichele und ihr strammer Po meinen harten Schwanz reizt.

Ich fahre mit meinen Zähnen ihren anmutigen Hals hinauf und beiße sie dann unter ihrem Ohr. Sie schnappt nach Luft und ist kurz davor, zu kommen, aber ich löse mich von ihr. Das ist nicht leicht für mich, aber ich schaffe es, meine Hand zurückzuziehen und ihren Rock zu glätten.

Ich lecke sie von meinen Fingern und wende mich wieder meinen Männern zu. Sie scheinen sich sehr für die Kassettendecke über uns zu interessieren, obwohl Dantes Grinsen ihn verrät.

Als Sophia die Augen öffnet, werden ihre Wangen knallrot. Hätte ich sie fast vor meinen Männern ausgezogen? Ja. Ist mir das scheißegal? Nein. Sie müssen wissen, dass sie mir gehört und dass sie zu berühren nicht nur verboten ist, sondern tödlich. Aber ich vertraue diesen Männern. Sie sind clever und loyal. Von den Hochzeitsgästen, die jetzt eintreffen, kann man das nicht behaupten.

»Diese Männer würden für dich sterben, Sophia. Du brauchst keine Angst vor ihnen zu haben. Sie werden unsere Geheimnisse bewahren.« Ich drücke meine Stirn an ihre. »Sei nicht schüchtern. Nicht bei mir.«

»In Ordnung.« Sie nickt, obwohl ihre Stimme immer noch zittrig ist. Vielleicht aus Nervosität, vielleicht aus Lust. Angesichts des köstlichen Zustands ihres Höschens würde ich Letzteres vermuten.

»Ich muss vor der Zeremonie noch kurz mit deinem Vater sprechen.« Ich stelle Sophia hin, stehe ebenfalls auf und ziehe meinen Smoking an. »Dante, bring Carlotta mit.«

Sophia lächelt mich an und legt eine Hand auf meine Brust. »Du siehst umwerfend aus.«

»Streicheln Sie sein Ego nicht zu sehr.« Dante öffnet die Tür zum Flur und bittet Carlotta herein.

Es hat keinen Sinn, ihm seinen schlauen Mund zu verbieten. Er hat es nie gelernt und wird es auch nie lernen. Außerdem würde er es wahrscheinlich lieben, die Aufmerksamkeit zu bekommen.

»Carlotta, kümmere dich um meine Braut. Bitte begleite sie in den hinteren Salon, damit sie sich zusammen mit ihrem Bruder vorbereiten kann.«

»Ja, Signore.«

»*Cara mia?*«

Sophia dreht sich mit leicht geöffneten Lippen um. »Ja?«

»Wenn ich dich das nächste Mal sehe, werden wir vor Gott und allen anderen hier schwören, dass wir zueinandergehören. Bist du bereit?«

Sie wendet ihren Blick nicht ab, sondern hält ihre Augen fest auf meine gerichtet. »Ich bin bereit.«

»Das ist meine Königin.« Ich küsse ihre Hand und schicke sie dann mit Carlotta hinaus. Sophias entblößter Rücken verlangt, dass ich jeden Zentimeter davon mit meiner Zunge verwöhne. Und das werde ich tun. Aber erst die Geschäfte und dann das Vergnügen. Und zwar so viel, dass meine süße, kleine Jungfrau mich vielleicht anflehen wird, aufzuhören. Aber das werde ich nicht, nicht, bevor ich sie überall gekostet und sie mit meinem Samen gefüllt habe.

Sie wird mir gehören, mit Leib und Seele, und unsere Familie wird diese Stadt regieren.

11

SOPHIA

»I ch habe Ihnen einen Schleier besorgt.« Carlotta reicht ihn mir. Er ist hübsch, aus Spitze mit einem mit Diamanten besetzten Clip, der perfekt zu meinen Schuhen passt. Ich weiß, ohne zu fragen, dass die Diamanten echt sind, aber diesmal will ich mein Gesicht nicht verdecken. Ich werde erhobenen Hauptes und mit meinem Bruder an der Seite zum Altar schreiten. Ich möchte das Gesicht meines Vaters sehen, wenn ich das tue. Bevor ich diese Worte aussprechen kann, unterdrückt Carlotta diesen Gedanken.

»Er hat ein Problem mit der Rückseite des Kleides. Der Schleier könnte sie etwas verdecken.« Sie greift nach oben und befestigt ihn in meinem Haar. Sie wirft ihn nicht nach vorn, um mein Gesicht zu bedecken, sondern lässt ihn hinten, um einen Teil meines Rückens zu bedecken. Ich gebe zu, dass ich mich ein wenig unwohl dabei gefühlt habe, so viel Haut zu zeigen. Ich bin nicht daran gewöhnt, aber zu spüren, wie Nicks Hände meine Wirbelsäule rauf- und runterfuhren, ließ mich alles andere vergessen. Na ja, fast alles, außer der Tatsache, dass mein Vater gekommen ist. Ein Schauer durchfährt mich, obwohl ich weiß, dass Nick Lorenzo nie etwas mit mir machen lassen würde. Es ist nicht so, dass ich Angst um mich habe, nicht wirklich. Es ist eher die Sorge, was mit Nick passieren wird. Wird mein Vater versuchen, ihn zu töten? Dieser Gedanke lastet schwer auf mir. Jetzt muss ich mir nicht nur um Marco Sorgen machen, sondern auch um Nick. Ich widerstehe dem Drang, mir die Augen zu reiben.

Ich bin immer noch überrascht, dass Nick vor mir über sein Geschäft gesprochen hat. Ich weiß, dass ich nicht über die Dinge reden darf, die ich höre, aber mein Vater und mein Großvater haben nie offen über Geschäfte gesprochen. Nicht wie Nick. Es ist, als ob er will, dass ich weiß, was los ist. Oder vielleicht will er weniger, dass ich es weiß, sondern vielmehr dass ich weiß, dass er mich einbeziehen würde, wenn ich interessiert wäre. Es öffnet mir die Augen und ist seltsam erfrischend, dabei zu sein, aber ich habe das Gefühl, dass es viele Dinge gibt, über die ich lieber im Dunkeln bleiben würde. Vielleicht ist das dumm, aber auch wenn das nun einmal mein Leben ist, bedeutet das nicht, dass ich mich von all dem Hässlichen, das damit einhergeht, auseinandersetzen muss.

Als ich eine laute Stimme aus dem Flur höre, drehe ich mich zur Tür. Ich kenne die Stimme. Ich erschaudere bis tief in meine Knochen. Die Wärme, die mich dank Nick durchdringt, verlässt mich. Mein Vater ist wirklich hier. Wie leicht er meine Stimmung kontrolliert, macht mir Angst. Ich befürchte, er wird immer Macht über mich haben, egal wie sehr ich versuche, dagegen anzukämpfen.

»Wo ist mein Bruder?«, frage ich Carlotta. Er hatte das Büro nicht mit mir betreten, und als ich es verließ, hatte ich ihn auch nicht mehr gesehen.

»Er ist hier. Er wartet darauf, Sie zum Altar zu führen. Das möchten Sie doch, oder nicht?«

»Ja.« Ich hatte vergessen, Nick danach zu fragen. »Können wir das tun?«

»Natürlich.« Sie schenkt mir ein breites Lächeln. »Sie verstehen es immer noch nicht.« Sie drückt meinen Arm. »Aber das werden Sie noch.«

Sie ist meine wichtigste Quelle, wenn es um Informationen über Nick geht. Ich bin mir nur nicht sicher, ob sie alle meine Fragen beantworten wird. Ihre Loyalität ist groß, und ich bin praktisch eine Fremde für sie, obwohl ich kurz davor stehe, zu ihrer Familie zu gehören. So wie Nick sich verhält, *bin* ich bereits ein Teil davon. Der Gedanke schickt ein weiteres Mal ein warmes Kribbeln durch meinen Körper. Ich erinnere mich daran, wie er mich vor seinen Männern berührt hat. Er hat mich zwar nicht zur Schau gestellt, aber er hat gezeigt, dass ich ihm gehöre und dass, wenn er mir Lust bereiten wollte, das tun würde. Es war ihm egal gewesen, wer in der Nähe war. Das alles ist so anders als das, was ich gewohnt bin. Er zeigt sogar eine gewisse Zuneigung zu seinen Männern und lässt sie mit einer Vertrautheit mit ihm sprechen, die mein Vater hassen würde.

In der Scalingi-Familie werden die Frauen ausschließlich benutzt, um die Männer beim Sex zu befriedigen, aber Nicks Augen leuchten vor Hitze, wenn er das Verlangen sieht, das er in mir entfachen kann. Er genießt es, mich zu erregen und mich immer wieder kurz vor meinen Orgasmus zu bringen, nur um mich mit dem Versprechen von noch mehr Lust zu verlassen. Er versucht, mich für sich zu gewinnen. Vielleicht ist es wieder einer meiner dummen, naiven Gedanken, aber ich habe langsam wirklich das Gefühl, dass er mich von sich überzeugen will und mich nicht nur als selbstverständlich ansieht. Er hat mir klargemacht, dass ich zu ihm gehöre, aber trotzdem versucht er, mir den Einstieg zu erleichtern. Er will, dass ich mich ihm hingebe, und es fällt mir erschreckend leicht, das zu tun.

»War Nick schon einmal verheiratet?« Die Frage platzt einfach aus mir heraus. Ich meine, Nick ist älter als ich. Er ist wahrscheinlich Anfang dreißig. Das ist eine Menge Zeit, die er in dieser Welt ohne mich verbracht hat. Pfui Teufel. Eifersucht nagt an mir. Das sollte gerade das letzte Gefühl sein, was ich verspüre, aber trotzdem steigt es in mir auf.

Carlotta zieht eine Augenbraue hoch. »Nein. Für einen Davinci ist die Ehe ein Leben lang. Es wird keine Scheidung geben. Ich glaube nicht, dass dieses Wort in ihrem Wortschatz vorkommt.«

Hmm. Kein Wunder, dass er meinen Ex erschossen und mich zur Witwe gemacht hat.

Die Art und Weise, wie er Antonio getötet und mich mit dunklen, hungrigen Augen angestarrt hat. Es war, als ob ich für ihn genauso eine Überraschung war wie er für mich. »Er hatte nicht vor, heute eine Braut mit nach Hause zu bringen, oder?«

Das bringt Carlotta nur noch mehr zum Lächeln.

»Nein, ich war mehr als überrascht, Sie hier zu sehen. Nick ist immer diskret gewesen. Ich habe ihn in der Vergangenheit noch nie mit einer Frau gesehen – und ich würde es wissen – aber hier sind Sie. Um ehrlich zu sein, wäre ich vor Schreck beinahe umgefallen. Als er mir sagte, dass er Sie heiraten würde, und mich bat, Sie in sein Zimmer zu bringen, hat es mich umgehauen.« Sie lacht und schüttelt den Kopf, so dass ihr mit Weiß durchzogenes schwarzes Haar in einem festen Dutt leicht mitschwingt. »Die Davinci-Männer nehmen sich, was sie wollen. Das ist der Grund, warum er so weit gekommen ist. Weiter als sein eigener Vater. Er weiß innerhalb von Sekunden, was die richtige Entscheidung sein sollte. Ich schätze, er hat einen Blick auf Sie geworfen, und Ihr Schicksal war besiegelt.«

»Mein Schicksal ist schon lange besiegelt.« Ich seufze und drehe mich um, um einen letzten Blick in den Spiegel zu werfen, nachdem der Schleier nun an seinem Platz ist. Irgendwie hat Nick es geschafft, mein Traumkleid herbeizuzaubern. Der Mann ist wirklich gut darin, Menschen einzuschätzen.

Ein weiteres Mal hallt die laute Stimme durch den Gang. Mein Vater ist vollkommen außer sich. Plötzlich überkommt mich die Angst, dass die Hochzeit nicht stattfinden wird. Sicher, mein Schicksal stand schon immer fest, aber könnte mein Vater das hier verhindern? Er könnte versuchen, ein besseres Angebot von Nick zu bekommen. Letzten Endes geht es diesen Männern immer nur um die Macht. Ich bin etwas schockiert, dass ich nicht einmal um das Leben meines Vaters fürchte. Dieser Mann hat mich derart hart gemacht, dass es mir egal ist, was mit ihm passiert, solange Marco in Sicherheit ist.

An dem lauten Aufprall, den ich höre, und dem darauffolgenden Krachen erkenne ich, dass jemand geschlagen wurde und zweifellos zu Boden gegangen ist. Der Aufruhr wächst, und ich kann die Geräusche von Waffen, die gezogen und geladen werden, nicht überhören. Ich eile zur Tür und öffne sie. Marco steht da und versperrt mir den Weg.

»Was ist hier los?« Ich versuche, um seine große Gestalt herumzuschauen, aber er tritt weiter in den Raum und versperrt mir die Sicht.

»Dein zukünftiger Ehemann weist unseren Vater in seine Schranken.« Marco hat das breiteste Grinsen im Gesicht, das ich je gesehen habe. Seine Selbstgefälligkeit beruhigt mich ausnahmsweise.

»Du genießt das ein bisschen zu sehr.« Ich greife nach oben und richte seinen Smoking.

»Nick hat ihm einen Schlag mit der Rückhand verpasst.«

Ich schnappe ein wenig nach Luft und bedauere, dass ich das nicht gesehen habe. Ich würde gerne einmal miterleben, wie mein Vater verprügelt wird. Okay, *sehr* gerne.

Marco greift nach oben und bewegt mein Haar, um die kleine Narbe freizulegen die mein Vater vor so langer Zeit hinterlassen hat. »Jetzt wird er sein eigenes Zeichen tragen. Nick hat vielleicht nicht gesagt, warum er ihn genau dort geschlagen hat, aber ich weiß, warum.«

Ich stehe einen Moment lang schockiert da. Gewalt wie diese sollte mich nicht anmachen, aber genau das tut sie. Mit jedem Schritt beweist Nick seine Hingabe zu mir.

»Er hat es für mich getan.« Ich berühre die Narbe. »Hierfür.«

»Die Dinge sind hier anders. Nick ist nicht wie Lorenzo oder Antonio«, gibt mein Bruder zu. Er schaut sich um, und ich sehe, dass uns ein paar Wachen beobachten. Ich frage mich, ob sie Angst haben, dass ich abhaue, oder ob sie zu meiner Sicherheit hier postiert sind.

»Das sind sie«, stimme ich zu. »Nick hat vielleicht heute Morgen meinen Mann getötet, aber ich glaube, er hat uns das Leben gerettet.«

Mein Bruder nickt, während er mir seinen Arm anbietet. »Glaubst du, unser Vater wird die Zeremonie überstehen?«

»Ich glaube nicht, dass er wirklich eine Wahl hat.« Diesmal bin ich diejenige, die grinst. Es würde mich nicht stören, wenn mein Vater nicht auf meiner Hochzeit wäre, aber der Gedanke, dass er gezwungen wird, etwas zu tun, was er nicht will, bereitet mir große Freude. Ich lächele bei der Vorstellung, dass er endlich wissen wird, wie es sich anfühlt, unter der Fuchtel eines anderen zu stehen, und ich liebe es, dass ausgerechnet Nick ihm diese Lektion erteilt.

Ich freue mich darauf, ab heute Abend unter der Fuchtel meines Mannes zu stehen. Mein Vater mag es hassen, aber ich habe das Gefühl, dass ich jede Sekunde davon lieben werde.

12

NICK

Die Gäste sind da. Alle Familien sind vertreten, sogar die Scalingis. Lorenzo sitzt in der ersten Reihe, seine Geliebte an seiner Seite. Sie scheint die Gefahr erkannt zu haben – vielleicht ist es das Blut, das aus der Wunde auf Lorenzos Stirn rinnt, das es ihr verraten hat – und drückt sich mit weit aufgerissenen Augen an ihn.

Ihr wird nichts passieren, aber es stört mich nicht, dass sie um ihr Leben fürchtet. Lorenzo zu vögeln war eine schlechte Entscheidung, und jetzt ist es an der Zeit, dafür zu bezahlen.

Die anderen Bosse sitzen mit gleichgültigen Gesichtern neben ihren Frauen. Ich bin mir sicher, dass sie mehr als nur ein wenig überrascht waren, heute einer zweiten Hochzeit beizuwohnen, vor allem einer mit derselben Braut, aber sie verbergen es und warten ab, wie sich die Situation entwickelt. Sie brauchen nichts abzuwarten. Am Ende der Zeremonie werde ich die Davincis und die Tuscanis kontrollieren und bei den Scalingis ein starkes Standbein haben. Sie sollten sich eher Sorgen darüber machen, dass ich ihnen ihr Stück vom Kuchen wegnehme, sollten sie mir in die Quere kommen.

»Nick.« Pfarrer Ratini nimmt seinen Platz im vorderen Teil des Raumes ein, und seine förmliche Robe gibt den richtigen Ton an. Es handelt sich nicht um eine Scheinhochzeit oder um eine Zahlung von einer Familie an eine andere in Form einer unwilligen Braut. Dies ist eine Heirat, eine Verbindung der Seelen, ein Zusammentreffen der Köpfe, und es ist der erste echte Schritt zu meiner Dynastie. Mit Sophia an meiner Seite wird diese Stadt uns gehören. Dass es Lorenzo ärgert, ist ein Bonus.

Das Streichquartett beginnt ein Lied zu spielen, das ich schon mein ganzes Leben lang auf Hochzeiten höre, und die Gäste scheinen sich ein wenig zu entspannen. Musik besänftigt die wilden Tiere, wie es scheint.

Ich richte meine Krawatte, als sich Gio in seinem Smoking, der fast genauso edel ist wie meiner, neben mich stellt.

»Bereit?«

Er tippt auf seine Tasche. »Von meiner Seite aus ist alles bereit.«

»Der Juwelier hat meine Anweisungen befolgt?«

»Bis ins kleinste Detail.« Er nickt und blickt auf die kleine Versammlung hinaus. »Sind die auf einer Hochzeit oder einer Beerdigung?«, flüstert er.

»Wenn jemand aus der Reihe tanzt, kann es beides sein.«

»Nick, wenn du bereit bist, können wir fortfahren.« Pfarrer Ratini lächelt, und seinen alten, wässrigen Augen entgeht kein Detail. Es ist eine Mafia-Hochzeit, aber davon hat er im Laufe der Jahre schon viele durchgeführt.

Carlotta wartet am Eingang zur Westhalle, und als ich mein Kinn hebe, lächelt sie und eilt davon, um meine Braut zu holen.

»Das ist es. Weg vom Markt.« Gio wirft mir einen schiefen Blick zu. »Es sei denn, du hast vor, nebenbei Tussis zu nageln.«

»Das wird nicht passieren. Sophia ist meine Einzige.« Der Gedanke an eine andere grenzt an Ekel.

»Ich habe dich nur auf den Arm genommen. Denkst du, ich weiß nicht, wie du bist, wenn du dir etwas in den Kopf gesetzt hast? Ich habe gesehen, wie du sie ansiehst. Sie ist die Richtige.«

»Ich hätte nie gedacht, dass mir das passieren würde.« Ich kann nicht glauben, dass ich sie gefunden habe. Die ganze Zeit über versuchten andere Familien, mir ihre Töchter zu verkaufen, unschuldige kleine Geschöpfe mit großen Augen und leeren Köpfen. Aber Sophia ist anders. In ihr brennt ein Feuer, das mit der Zeit so heiß werden kann, dass es unsere Familie schmiedet. »Aber ein König erkennt eine Königin, wenn er sie sieht.«

»Ganz genau.« Er zuckt mit den Schultern. »Ich

glaube, sie ist gleich hier. Hey, glaubst du, Lorenzo wird ausflippen?«

Ich schaue ihn an. Sein Gesicht ist rot und er umklammert die Hand seiner armen Begleitung, als wäre sie ein Stressball.

»Wenn er das tun sollte, kümmere ich mich darum.«

Dante steht an der Eingangstür und beobachtet die Gäste mit zur Seite geneigtem Kopf. Trotz unserer Smokings sind wir alle bis an die Zähne bewaffnet – mein Schneider weiß, für welche Art von Mann er arbeitet und lässt immer genug Platz für eine Waffe und ein paar Messer.

Die Musik wechselt zum Hochzeitsmarsch, und ich halte den Atem an, als Dante die Türen öffnet.

Die Welt bleibt stehen, mein Herz pocht, und ich erstarre, als sie erscheint. Diese Vision von schlichter Eleganz schaut mir in die Augen, während Marco sie zum Altar führt. Die Gäste stehen auf – alle bis auf Lorenzo – während sie wie eine Göttin durch eine Schar von Bauern schreitet. Meine Liebe, mein Herz, die Hälfte meiner Seele, die mir gefehlt hatte, bis ich das Haus der Tuscanis betrat, ihren Mann tötete und sie mir nahm. So hatte es wohl sein sollen. Ich werde so viele töten, wie nötig sind, um sie einzufordern, weil wir füreinander bestimmt sind.

Unsere Augen bleiben verbunden, während jeder Schritt sie näher bringt. Als Marco sie mir übergibt, kann ich mein Lächeln nicht unterdrücken. Sie blickt einen Moment lang schüchtern zu Boden, dann richtet sie ihre Augen wieder auf meine. Die Freude, die ich in ihnen sehe, ist genauso riesig wie meine, als wir uns zu Pfarrer Ratini wenden.

Er beginnt seine Einleitung mit einer gekürzten Version der Rede, die er am Morgen gehalten hat. Ich schaue sie immer wieder an, diese Schönheit an meiner Seite. Ihr Schleier liegt über ihrem Rücken, und ich bin froh, dass sie ihr Gesicht nicht verdeckt hat. Sie sollte sich niemals verstecken, nicht vor mir, vor niemandem. Eine Königin sollte gesehen, gewollt und begehrt werden, aber wirklich beherrscht nur von ihrem König. Und, oh, wie ich sie beherrschen werde, sobald diese Zeremonie abgeschlossen ist.

»Sophia.« Pfarrer Ratini lächelt sie an. »Willst du diesen Mann zu deinem Ehemann nehmen, um ihn zu lieben und zu ehren, von diesem Tag an, in guten wie in schlechten Zeiten, in Reichtum und Armut, in Krankheit und Gesundheit, bis dass der Tod euch scheidet?«

Sie beißt sich kurz auf die Lippe, und meine ganze Welt hängt von den nächsten Worten aus ihrem süßen Mund ab. Mit einem tiefen Atemzug sagt sie: »Ja, ich will.« Das Lächeln, das darauf folgt, werde ich nie vergessen.

Pfarrer Ratini stellt mir die gleiche Frage, und ich zögere nicht. Nicht, wenn es um meine Sophia geht.

»Ja, ich will.« Ich drücke ihre warmen Hände.

»Die Ringe?« Pfarrer Ratini blickt Gio an.

»Oh.« Er greift in seine Tasche. »Ich hab sie.«

Er gibt mir beide Ringe. Der eine ist ein schlichter

Platinring, in den ich Sophias Namen eingravieren lassen habe, damit ich immer an sie denke, wenn ich ihn ansehe. Ihrer ist genau das, was ich von meinem Juwelier verlangt habe – ein mit Diamanten besetzter Platinreif. Als ich ihn hochhalte, reflektiert er funkelnd, und jeder Stein im Smaragdschliff passt perfekt zu dem daneben liegenden. Er ist schwer, aber das gilt auch für meine Hingabe gegenüber meiner Königin.

Sophias Augen weiten sich, und sie streckt eine zitternde Hand aus.

Ich beruhige sie, so wie ich es immer tun werde, und stecke ihr den Ring an. Sie nimmt meinen Ring und macht das Gleiche. Verbunden. Nicht durch die Erwartungen der Familie. Nicht durch irgendeine Art von Allianz. Wir sind mit Herz und Seele verbunden, und wir werden jeden vernichten, der uns zerstören will.

»Du darfst …«

Ich lasse Pfarrer Ratini nicht ausreden. Stattdessen ziehe ich sie in meine Arme und fordere sie mit einem erdrückenden Kuss ein. Ihr erschrockener Schrei ist wie Honig auf meiner Zunge, und ich beuge ihren Rücken und halte sie, während ich sie für alle sichtbar zu meinem Eigentum mache.

Sie umklammert meinen Bizeps, und ihr Körper erschlafft in meinen Armen, während sie mir vertraut, dass ich sie halte. Unser Kuss wird immer intensiver und unangemessener, bis ich sie wieder hinstelle und mich von ihr losreiße.

»Bald, *cara mia*«, flüstere ich ihr ins Ohr. »Ich werde alles von dir probieren.«

Sie erschaudert, als wir uns umdrehen und in den Raum schauen.

»Darf ich Ihnen Mr. und Mrs. ...«

»Du Hure!« Lorenzo steht auf und zeigt auf meine Braut. »Erst heiratest du Antonio, und jetzt, wo seine Leiche noch nicht einmal kalt ist, diesen Bastard!«

Alle Luft verlässt den Raum, als Lorenzo beginnt, Sophia auf Italienisch zu beschimpfen. Jedes bösartige Wort, das ihm über die Lippen kommt, ist wie Gift, das sie dazu bringt, in sich zusammenzufallen, die Schultern einzuziehen und den Kopf hängenzulassen.

»Eine *puttana*, genau wie deine Mutter! Ich bin froh, dass ich sie getötet habe.« Er geht mit ausgestreckten Händen auf sie zu. »Ich habe sie mit diesen Händen erwürgt, wie es solche Huren wie du verdienen, und du bist die Nächste, du verdammte Schlampe ...«

Ein Schuss beendet seine Hassrede. Aus dem Loch in seiner Stirn rinnt Blut, und er fällt rückwärts auf seine Geliebte. Die Gäste stehen auf, und einige von ihnen rennen zu der Tür, vor der Dante mit der Waffe in der Hand steht.

Niemand geht weg. Nicht bevor sie mir zugehört haben.

»Sophia Davinci gehört mir.« Ich erhebe meine Stimme und stecke meine noch rauchende Pistole in das Halfter. »Niemand wird mir meine Frau wegnehmen. Niemand wird meine Frau *beleidigen*.« Ich zeige auf Lorenzos Leiche. »Das wird mit jedem passieren, der mir, meiner Familie oder meiner Königin etwas antun will.« Ich nehme Sophias zitternde Hand in meine, während Lorenzos Freundin in ihrem blutverschmierten Kleid zu schreien beginnt. »Die Hochzeit ist beendet.« Ich fordere Dante auf, die Tür zu öffnen, damit die Gäste gehen können.

Die meisten von ihnen eilen hinaus, aber einige der anderen Familienoberhäupter haben es nicht eilig. Sie haben diese Art von Gewalt nicht zum ersten Mal gesehen und wissen, dass Lorenzo Grenzen überschritten hat. Trotzdem werfen sie mir Blicke von der Seite zu. Ich grinse sie an. Marco bleibt mit seinen Augen auf Lorenzo gerichtet stehen. Der Junge könnte Ärger bereiten, und nur die Zeit wird es zeigen. Aber er steht unter meinem Schutz, und ich werde mein Wort gegenüber Sophia nicht brechen.

Sobald der Raum leer ist, nehme ich meine Braut in die Arme und trage sie die Treppe hinauf. Wenn sie um ihre Mutter trauern will, werden wir das tun. Wenn sie über unsere Zukunft sprechen will und darüber, was Lorenzos Tod bedeuten wird, werden wir das tun. Aber erst, nachdem ich sie in jeder Hinsicht für mich beansprucht habe.

13

SOPHIA

Mein Herz klopft, als mich Nick die Treppe in unser Schlafzimmer hochträgt. Niemand folgt uns. Mein Verstand versucht, alles zu verarbeiten, was gerade passiert ist.

Mein Vater ist tot. Ich denke noch einmal darüber nach, die Worte sind so endgültig. *Mein Vater ist tot.*

Er hatte zugegeben, meine Mutter ermordet zu haben, bevor mein Mann ihm eine Kugel in den Schädel gejagt hat. Ich war genauso schockiert über seinen Ausbruch über meine Mutter wie über Nicks schnelle Reaktion. Sobald die Drohungen Lorenzos Mund verließen, schoss Nick ihn einfach nieder. Es gab kein Zögern in seinen Handlungen. Er hat das schon einmal gemacht, und jetzt weiß ich, dass er alles tun wird, um meine Ehre zu schützen. Meine Finger krallen sich in seinen Anzug, während ich mich an ihn klammere und nicht mehr loslassen will. Wie kann ich mich bei ihm sicher fühlen, wenn ich mit ansehen musste, wie er innerhalb von zwölf Stunden zwei Menschen ermordet hat? Ich nehme an, das Wissen, dass sie schlechte Menschen gewesen sind, hilft mir, mich nicht schuldig zu fühlen. Mein Vater hat meine Mutter ermordet, also habe ich kein Mitleid mit ihm. Er hat sie mir weggenommen, und jetzt hat Nick sich revanchiert, indem er ihm das Leben genommen hat.

Sie hat mich nicht verlassen. Nicht aus freien Stücken. Meine Augen tränen bei dem Gedanken, dass ich recht hatte. Marco und ich wurden nicht im Stich gelassen. Auch wenn sie nicht mehr da ist, auch wenn es nichts ändert, bedeutet es mir so viel. Sie hat uns geliebt, und sie wurde uns *gestohlen*. Jetzt hat der Dieb mit seinem Blut bezahlt.

»Hast du Angst, *cara mia*?«, fragt Nick.

»Ja«, gebe ich zu. Ich habe im Moment vor vielen Dingen Angst. Eines davon ist, wie es weitergeht und was mit meinem Bruder Marco passieren wird. Nick hat mir seine Sicherheit versprochen, also muss ich ihm vertrauen. Ihn jetzt noch einmal zu fragen, wäre ein Zeichen von Respektlosigkeit. Er hat nichts getan, was mich glauben lässt, dass er seinen Schwur mir gegenüber brechen würde. Die anderen Familien werden sich höchstwahrscheinlich darüber aufregen, aber ich weiß in meinem Herzen, dass Nick Marco vor dem Schlimmsten bewahren wird.

»Hast du Angst vor mir?« Er betritt unser Schlafzimmer und tritt die Tür hinter sich zu.

Ich schüttele den Kopf. Wenn ich zurückdenke, glaube ich nicht, dass ich das jemals hatte. Nicht, als er meinen Mann erschossen hat, und nicht, als er mich für sich genommen hat. Alles, was ich damals fühlte, war Erleichterung. Ich fühle sie immer noch. »Ich habe keine Angst vor dir.«

»Meine tapfere Königin. Nicht viele Leute würden das zu mir sagen.« Er setzt mich auf das Bett, und ich ziehe mich zurück, damit ich in seine dunklen Augen schauen kann. Nein, ich habe keine Angst vor ihm.

»Ich habe Angst, dass du verletzt wirst«, gebe ich zu. Das ist die Wahrheit. Ich kenne den Mann erst seit ein paar Stunden, und in dieser kurzen Zeit habe ich mich in ihn verliebt. Der Gedanke, dass ihm etwas Schlimmes zustoßen könnte, tut mir in der Seele weh. Aber es wird Konsequenzen geben. Er hat zwei Männer getötet. Keine beliebigen Typen von der Straße, sondern mächtige Männer. Solche, die das Oberhaupt ihrer Familien waren. Familien, die auf Rache aus sind. Wenn mein Großvater Pasquale davon erfährt ... Ich schlucke heftig. Das ist es, was mir die größte Angst bereitet.

»Wirst du versuchen, mich zu verlassen?« Er neigt mit einem leichten Grinsen auf den Lippen den Kopf auf die Seite und legt seine Hand auf meine Brüste.

»Was? Nein, natürlich nicht.«

»Gut. Dass du nicht hier bei mir wärst ist das Einzige, was mich verletzen könnte. Außerdem würde ich dich nicht gehen lassen. Ich würde dir folgen, wohin du auch gehst.« Er zerreißt mein Kleid in der Mitte.

Ich schnappe nach Luft angesichts der Gewalt, die

er ausübt, und der Hitze, die sich durch seine Aggression zwischen meinen Beinen sammelt.

»Nick.« Ich greife nach oben und möchte ihn berühren. Wie ein Mann so tödlich und doch so süß sein kann, werde ich nie verstehen. »Es wird Krieg geben.«

»So wie es sein sollte. Er hat deine Mutter getötet.« Er klingt darüber genauso wütend wie ich. Ich schließe für einen Moment die Augen und denke nur an sie. Er verlagert seinen Körper und beugt sich zu mir herunter. Sein Mund drückt sanft gegen meinen. »Jeder, der dir etwas antut, wird sterben. Das habe ich heute bewiesen. Du wirst nicht in Angst leben.«

»Ich habe Angst, dich zu verlieren«, hauche ich gegen seinen Mund.

»Vertrau mir, *cara mia*. Selbst der Teufel könnte mich dir nicht wegnehmen.« Seine Zunge gleitet über meine Lippen, und ich öffne sie einladend. Er nimmt meinen Mund gierig in Beschlag. Es gibt so viel zu sagen. Es ist so viel passiert, aber im Moment will ich einfach nur mit ihm verbunden sein. Ich lasse meine Hände über seine Brust und seinen Nacken gleiten und grabe dann meine Finger in sein kurzes Haar, während ich meine Beine um ihn schlinge und ihn an mich ziehe.

Er knurrt in meinen Mund.

»Zu viel Kleidung«, sage ich, während ich versuche, den Anzug von seinem Körper zu ziehen.

Er drückt sich mit einem Stöhnen hoch und stellt sich neben das Bett. Ich stütze mich auf die Ellenbogen und beobachte, wie er sich seiner Kleidung entledigt, wobei seine Augen meinen Körper nicht verlassen. Mein Gesicht erhitzt sich bei dem Gedanken, dass er meine nackte Brust zu sehen bekommt. Die ganze Spitze, die ich trage, giert danach, von seinen Fingern abgerissen zu werden. Ich konzentriere mich auf ihn, während seine Kleidung Schicht für Schicht auf den Boden fällt. Dann steht er in seiner ganzen nackten Pracht vor mir. Selbst ohne ein Fitzelchen Kleidung strahlt er Selbstbewusstsein und Kraft aus. Meine Brustwarzen verhärten sich, als mein Körper danach verlangt, dass er ihn befriedigt. Feuchtigkeit sammelt sich zwischen meinen Schenkeln und lässt die Seide an mir kleben.

Mein Blick wandert über seinen Körper. »Nick.« Ich setze mich auf und strecke meinen Finger aus, um über eine der vielen Narben auf seinem Oberkörper zu fahren. »Verstehst du jetzt, warum ich Angst habe?«, sage ich, bevor ich mich vorbeuge und eine von ihnen küsse.

Er reißt den Schleier ab und wirft ihn weg, bevor sich seine Finger in mein Haar graben. »Das ist das Leben, das wir führen.«

Ich küsse eine andere Narbe.

»Ich bin nicht mehr jung und dumm. Ich werde vorsichtig sein und dafür sorgen, dass ich immer zu dir nach Hause zurückkomme. Ich gehöre nicht auf die Straße, sondern hierhin.« Er küsst mich einmal sanft, bevor er seine Zunge in meinen Mund schiebt. Seine Hände erkunden meinen Körper. Seine Fingerspitzen greifen nach oben und necken meine Brustwarzen, bis ich vor Verlangen keuche. Bevor ich mich zurücklehnen kann, unterbricht er unseren Kuss und nimmt wieder Abstand.

»Was stimmt nicht?« Ich schaue ihm in die Augen und frage mich, ob ich etwas getan habe, was ihn zurückweichen lässt.

»*Cara mia*, was sollte mit dir nicht stimmen? Du bist perfekt.«

Meine Wangen fühlen sich an, als ob sie brennen würden.

Er zeigt mit dem Finger auf mich. »Steh auf. Ich möchte alles von dir sehen.«

Zögernd rutsche ich vom Bett, denn ich stand noch nie nackt vor einem Mann. Bei Nick fühle ich mich aber sexy. Sein Verlangen leuchtet in seinen Augen und ich möchte mich ihm zeigen.

»Hast du das getragen, um mich zu töten, *cara mia*?«, sagt er mit einem Lächeln im Gesicht. »Viele Männer haben es versucht und sind gescheitert, aber mit diesem Kleid hast du es fast geschafft.«

Ich schüttele den Kopf. Je länger er mich anstarrt, desto selbstbewusster werde ich.

Er leckt sich über die Lippen. »Willst du mich, *cara mia*?«

»Ich will dich, Nick. Alles an dir.«

Er knurrt, während er sich schnell auf mich stürzt und meinen Mund wieder in Beschlag nimmt. Diesmal küsst er mich so, dass ich außer Atem bin. »Du hast schon das meiste von mir, *cara mia*. Am Ende des

Abends wird jeder Zentimeter von mir dir gehören.«
Seine Hand streicht über mein Spitzenhöschen. »Ich
kann dein Verlangen durch die Seide und die Spitze
spüren. Ich will die ganze Süße von dir lecken,
während du auf meiner Zunge kommst. Aber zuerst
möchte ich, dass du dich langsam für mich ausziehst.«
Er tritt zurück, aber seine Augen lassen mich nicht los.
Es ist, als würde er anerkennen, dass viele meiner
Entscheidungen in den vergangenen vierundzwanzig
Stunden nicht meine eigenen waren, und er will, dass
das jetzt anders wird. Er will, dass ich mich bewusst
dazu entscheide, ihm meinen Körper zu geben.

Ich drehe mich um und zeige ihm meinen Hintern.
Dann schiebe ich meine Finger in den oberen Teil
meines Slips, während ich über meine Schulter zu ihm
schaue, bevor ich mich ganz nach unten beuge, um ihn
von meinen Beinen zu ziehen. Ich biete ihm eine kleine
Show, während ich es mache. Ich will meinem König
geben, was er verlangt, um ihm zu zeigen, dass ich hier
bei ihm sein will. Ich möchte mich umdrehen, um den
Slip schwungvoll wegzuwerfen, aber er wirft sich
bereits auf mich. Mein Rücken landet auf dem Bett, als
er sich über mich beugt. Er küsst mich und wandert
dann mit seinen Lippen hinunter zu meinen Brüsten.
Seine Zunge leckt um meine Brustwarze, bevor er sie
in seinen Mund saugt. Ich stöhne seinen Namen und
grabe meine Finger in sein Haar.

Ich habe noch nie ein solches Lustgefühl erlebt wie
das, das Nick mir jetzt bereitet. Mein Körper wölbt
sich ihm entgegen. Er lässt meine Brustwarze los und

fährt weiter an meinem Körper hinunter, saugt und leckt. Mein Magen zittert, als er mit seiner Zunge darüberfährt.

Sein Finger streicht sanft über die kleine Haarpartie zwischen meinen Beinen.

»Deine Muschi ist so feucht für mich, *cara mia*. Weiß sie, dass sie zu mir gehört? Dass ich ihr König bin?« Bevor ich antworten kann, fällt er auf die Knie und zieht mich zu sich. Sein Mund landet auf mir, und ich spüre das erste elektrisierende Lecken seiner Zunge an meiner Klitoris.

14

NICK

S ie liegt vor mir wie ein Festmahl, für das ich mir
Zeit nehmen werde, um es zu genießen. Ein
langsames Lecken gibt mir ihren süßen Geschmack,
und ich vergrabe mein Gesicht zwischen ihren
Schenkeln, während sie das Laken fest umklammert.

»Ich bin der Einzige, der diese Süße jemals
kennenlernen wird.« Ich lecke mit meiner Zunge über
ihr zartes Fleisch.

Sie keucht. »Nick!«

»Sag mir, *cara mia*. Bist du die meine?« Ich lecke sie
erneut.

»Deine.« Sie wölbt sich, als ich meine Zunge in ihre
jungfräuliche Muschi schiebe. Ich sauge und lecke,
verschlinge jedes Stückchen von ihr, bedecke meinen
Mund mit ihrer Nässe und dringe in sie ein, um mehr
zu bekommen.

Ich drücke meine Handflächen gegen die
Innenseiten ihrer Oberschenkel, spreize sie so weit wie

möglich und konzentriere mich dann auf ihre Klitoris. Ihre Beine zittern, als ich daran sauge und sie mit meiner Zungenspitze verwöhne.

Ich fahre mit meinen Fingern ihren Oberschenkel hinauf und schiebe dann einen in sie hinein. Sie drückt sich gegen mich, und ihr Körper spannt sich an.

»Entspann dich, *cara mia*.« Ich lecke schneller über ihre Klitoris. »Das wird dir gefallen. Ich will dich für mich bereit machen.«

Mein Schwanz zuckt zustimmend, während ich sie mit der Zunge streichele und mein Finger tiefer in sie eindringt. Sie spannt sich erneut an, aber ich beruhige sie und lecke gegen Ihre Unsicherheit an, während ich sie weiter ausdehne. Sobald mein Finger mit ihrer Nässe umhüllt ist und ihre Wände mich akzeptieren, lasse ich einen weiteren Finger folgen.

Sie greift nach unten, umklammert mein Haar, und ihre Nägel kratzen an meiner Kopfhaut, während ich hinein- und herausgleite, meine Zunge ihre Klitoris verwöhnt und sie sich windet. Ich lerne sie kennen, nehme jedes kleine Geräusch, das sie macht, wahr, registriere, was ihre Beine zum Zittern und ihre Hüften dazu bringt, sich in meinem Rhythmus zu bewegen. Ich werde ihr immer Lust bereiten, meiner Königin immer die Befreiung geben, die sie braucht.

Ich drehe meine Finger nach oben und krümme sie, so dass sie zusammenzuckt. Ich grinse ihre feuchte Muschi an und kümmere mich dann ausschließlich um ihre Klitoris. Sie wirft ihren Kopf zurück, ihr Körper wölbt sich, und ihre perfekten Brüste betteln mich an, an ihren Nippeln zu saugen. Dann verkrampfen sich ihre Hüften, ihr Atem stockt, und ihre Muschi zieht sich um meine Finger zusammen. Mit einem leisen Stöhnen kommt sie, und ihr Körper ist unter meiner Kontrolle, während ich ihr ihren ersten Orgasmus schenke, sie lecke und mit meinen Fingern ficke, während sie an meinen Haaren zieht und zuckt, während die Lustschauer über sie hinwegrollen. Als sie wieder atmet, lecke ich sie ein letztes Mal und bewege mich dann an ihrem Körper nach oben.

Um ihren Geschmack mit ihr zu teilen, küsse ich ihre süßen Lippen, und sie greift nach oben und hält sich an meinen Schultern fest. Mein Schwanz liegt an ihrem feuchten Eingang und ich kann mich kaum davon abhalten, in diese enge kleine Muschi zu stoßen und sie unerbittlich zu erobern. Aber das ist ihr erstes Mal, und ich muss mich beherrschen.

Sie macht es mir nicht leicht, als sie ihre Nägel in meine Schultern gräbt und ihre Hüften gegen mich stemmt. »Bitte.«

Dieses Wort auf ihren Lippen – es würde jeden Mann brechen. Ich mag stark sein, viele würden sagen rücksichtslos, aber diese Frau hat mich im Griff, und ich will nicht, dass sich das jemals ändert.

»Beweg dich nicht, *cara mia*.« Ich drücke eine Hand auf ihre Schulter und halte sie fest, während ich meinen Schwanz in ihre enge Öffnung schiebe.

Sie spannt sich an, und ihre Augen schließen sich.

»Sieh mich an.« Ich dringe weiter in sie ein, und mein Griff um ihre Schulter lässt nicht nach, auch wenn sie sich windet. »Halt still. Verdammt, du bist so eng.« Ich unterdrücke ein Stöhnen, als mein Schwanz von ihrem Honig umhüllt wird und der Druck ihrer nassen Wände so stark ist, wie ich es noch nie erlebt habe.

Sie öffnet ihre Augen weit. »Es zwickt.«

»Das wird gleich vorbei sein.« Ich küsse sie, während ich so weit in sie eindringe, wie ich kann, und meine Muskeln zittern, weil ich es so kontrolliert mache.

Ich habe noch nie eine solche Perfektion gespürt. Ihr Körper nimmt mich so sehr in sich auf, dass meine Eier nach Entladung verlangen. Aber ich werde das nicht zulassen, bevor sie so heftig gekommen ist, dass ich Kratzer auf dem Rücken habe.

Sie öffnet ihren Mund, und ich umkreise ihre Zunge mit meiner, während sie sich langsam entspannt. Mit einer schnellen Bewegung ziehe ich mich heraus, bevor ich erneut tief in sie eindringe. Ihre Muschi zieht sich zusammen, und ich schlucke ihren Schmerzensschrei. Ich bin mit ihrer Nässe bedeckt und gleite in langsamen Bewegungen hinein und heraus. Die Euphorie, in ihr zu sein, benebelt meinen Geist, und ich will, dass es sich für sie genauso gut anfühlt wie ich.

Sie entspannt sich noch mehr, und ich lasse ihre Schulter los. Ich stütze mich auf meine Ellenbogen und küsse ihren Schmerz weg. »Das wird sich gut anfühlen, *cara mia*. Du wirst wieder kommen, und dieses Mal werde ich es spüren, jedes bisschen deiner Lust.«

Sie nickt, während ich mich zu ihrem Hals hinunterbeuge und an der Stelle unterhalb ihres Ohrs sauge. Sie erzittert, spreizt ihre Beine ein wenig weiter, und ich benötige keine weitere Einladung. Ich beginne mit einem langsamen, gleichmäßigen Rhythmus und ficke meine neue Braut wie ein Gentleman ... am Anfang. Ich mache es ihr leicht und verwöhne sie mit meinem Schwanz und meinem Mund, während ich sie zu meiner Frau mache.

Sobald sie locker, ihr Körper geschmeidig und ihr Atem schwer ist, beschleunige ich das Tempo. Sie wölbt sich mir entgegen, und ihre Brüste drücken gegen mich. Ich kann nicht widerstehen, also beuge ich mich hinunter und sauge an einer Brustwarze. Ihr Stöhnen löst einen angenehmen Hitzeschub in mir aus, und ich beiße vorsichtig zu. Als ihre Nägel über meinen Rücken fahren, beiße ich fester.

Sie keucht, und ihre Muschi zieht sich um mich zusammen.

»Bist du nah dran, *cara mia*?« Ich schaue ihr wieder in die Augen, und unsere schweißnassen Körper gleiten aneinander, während das erotische Klatschen unseres Fleisches im Raum widerhallt. »Wirst du auf meinem Schwanz kommen?«

»So, so dreckig.« Sie schimpft nicht. Stattdessen drückt sie mich noch fester zusammen.

»Du magst es schmutzig, stimmt's, meine Frau?«, flüstere ich ihr ins Ohr. »Du magst es, mit meinem Schwanz gefüllt und mit meinem Sperma beschmiert zu werden, nicht wahr?«

»Oh Nick«, stöhnt sie, als ich an ihren Haaren ziehe, an ihrem Hals sauge und ihre zarte Haut zwischen meinen Zähnen spüre.

Ich greife nach unten, schiebe meine Hand zwischen uns und drücke meinen Daumen auf ihre Klitoris.

Sie hält inne, ihre Hüften erstarren, und als ich diese süße kleine Stelle mit meinem Finger liebkose, explodiert sie. Ihre Muschi umklammert mich fest, während sie ihre Nägel in meinen Rücken gräbt und sich an mir festhält, während sie auf einer Welle der Lust reitet. Der Druck ist zu groß, ihre Geräusche sind ein Aphrodisiakum, und ich kann meine Entladung nicht aufhalten. Ich stoße in sie hinein, drücke gegen ihren Muttermund und stöhne, als ich mit ihr zerfalle und ihr meinen Samen, meine Liebe gebe. Ich reibe mich an ihr und kitzele das letzte bisschen ihres Orgasmus aus ihr heraus, bis sie erschöpft ist.

Ich stütze mich auf die Ellenbogen und küsse sie. Ich schütte meine Liebe in sie hinein, während sich unsere Seelen vereinen. Sie gehört mir, genauso wie ich ihr gehöre, und niemand wird jemals zwischen uns kommen.

Und wenn es jemand versucht? Dann wird er dasselbe Schicksal erleiden wie ihr Vater.

SIE SCHLÄFT AUF MEINER BRUST, IHRE LEICHTEN Atemzüge kitzeln auf meiner Haut. Ich greife nach meinem Handy und sehe nach, ob ich etwas verpasst habe. Gio und Dante haben mich mit Nachrichten bombardiert, obwohl ich vermute, dass sie wussten, dass ich sie nicht bemerken würde, bis ich meine Braut entjungfert und mein Zeichen hinterlassen habe. Mission erfüllt.

Die Nachrichten drehen sich alle um das gleiche Thema. Pasquale, Sophias Großvater, hat sich mit den Fulmaris zusammengetan und eine Armee mobilisiert, um mich zu stürzen. Ich seufze.

»Hmm?« Sie schaut auf, und ihre Engelsaugen sind schläfrig und gesättigt.

»Geh schlafen, *cara mia*.« Ich ziehe ihre Finger an meine Lippen und küsse sie. Als ich aufstehen will, hält sie mich fest.

»Wohin gehst du?«

»Das ist geschäftlich.« Ich streichele ihr weiches Haar. »Du kennst dieses Leben.«

»Bitte sei vorsichtig.«

»Wenn meine Königin es befiehlt, dann werde ich es tun.« Ich küsse ihre Lippen und verabschiede mich sanft von ihr, während ich aus dem Bett gleite.

»Du musst zu mir zurückkommen. Lebendig.« Sie setzt sich jetzt auf und drückt die Decke dabei an ihre Brust.

Ich eile zu meinem Kleiderschrank, um mich anzuziehen. Meine Männer müssen handeln, und in meinem Kopf entsteht bereits eine Strategie. Am Ende dieser Nacht werde ich Pasquales Blut an meinen

Händen haben, aber auch den Löwenanteil der Unterweltgeschäfte in dieser Stadt kontrollieren.

»Das werde ich.« Ich gehe zurück zu ihr und küsse sie erneut, diesmal langsam, während ich ihren Mund genieße und mein Körper sich erneut erhitzt. »Ich kann dich nicht lange allein lassen. Nicht, wenn der Schatz zwischen deinen Beinen es verdient, noch einmal gut geleckt und besonders gründlich gefickt zu werden.«

Sie errötet wunderschön. »Du hast ein schmutziges Mundwerk.«

»Nur für dich.« Ich küsse sie noch einmal und weiche dann vom Bett zurück, bevor ich in Versuchung gerate, wieder hineinzuklettern und meine Worte wahr werden zu lassen.

»Bitte, pass auf dich auf.« Ihre Augen sind weit aufgerissen und spiegeln ihre Sorgen wider.

»Schlaf jetzt, *cara mia*. Ich komme vor Sonnenaufgang zurück und bringe dich zum Stöhnen.« Ich trete aus der Doppeltür, lasse sie von meinen Männern schließen und setze dann mein Pokerface auf. »Keiner von euch darf von ihrer Seite weichen. Habt ihr mich verstanden? Sie muss um jeden Preis beschützt werden. Wenn ihr mich enttäuscht, werden eure Köpfe rollen. Verstanden?«

»Ja, Boss.«

Ich klopfe ihnen auf die Schultern. »Gute Männer.«

Als ich mich umdrehe, treffe ich Gio im Flur, sein langes Haar ist durcheinander und sein Gesicht angespannt. »Sie haben eines unserer Lagerhäuser eingenommen.«

»Welches?«

»Carter Street.« Er folgt mir die Treppe hinunter.

Ich grinse, als ich einen Großteil meiner Männer unten versammelt antreffe. Ich öffne meine Arme und grinse. »Wer ist bereit, heute Abend Blut zu vergießen?«

Ein Gebrüll ertönt von meinen Soldaten, und ich gehe zwischen ihnen entlang, während ich sie auf den Krieg vorbereite.

15

SOPHIA

Ich liege im Bett und starre an die Decke. Ich fühle mich, als würde ich durch mein Hochgefühl schweben, obwohl gleichzeitig die Last der Sorgen auf meinen Schultern ruht. Ich versuche zu schlafen, aber ich kann nicht aufhören, an Nick zu denken. Auch wenn es mitten in der Nacht ist, kann ich keine Sekunde länger in diesem Bett bleiben. Ich setze mich auf und schwinge meine Beine über die Seite des Bettes. Ich habe Schmerzen, weil Nick mich so hart genommen hat, aber die Lust, die er mir bereitet hat, überwiegt den Schmerz um ein Zehnfaches. Mein Körper hat sich ihm angepasst und geöffnet, als wüsste er, dass wir füreinander bestimmt sind. Allein die Erinnerung daran erhitzt mich erneut.

Ich stehe auf und mache mich auf die Suche nach etwas zum Anziehen, denn ich werde mich auf keinen Fall wieder schlafen legen, während Nick sich da draußen in Gefahr begibt.

Dieser nächtliche Einsatz ist ein zweischneidiges Schwert. Ich wollte nicht, dass er geht, aber mir war klar, dass er musste. Das ist der einzige mögliche Weg, da unsere Familien so ihre Angelegenheiten regeln. Das ist nicht zu ändern. und am Ende wird es dafür sorgen, dass wir in Sicherheit sind. Auch Marco. Ich sollte ihn suchen und sicherstellen, dass er nichts Dummes anstellt, da er manchmal dazu neigt, leichtsinnig zu sein. Dass er überhaupt hier aufgetaucht ist, zeigt nur, wie unvorsichtig er manchmal sein kann. Ich habe trotzdem noch Hoffnung, dass er, wenn er älter wird, lernt, nicht mehr so unbedacht zu reagieren.

Ich halte inne, als ich eine kleine Pistole auf dem Nachttisch sehe. Ich kann mich nicht erinnern, dass sie vorher dort gewesen war. Ich glaube, ich hätte sie bemerkt, aber da ich mit anderen Dingen beschäftigt war, habe ich sie vielleicht übersehen. Als ich mit dem Rücken auf dem Bett gelandet bin, war meine ganze Aufmerksamkeit auf meinen Mann gerichtet. Ich habe alles andere für eine kurze Zeit vergessen. Es gab keinen Kummer und keinen Schmerz – nur uns. Aber jetzt rückt die Welt wieder ins Blickfeld.

Er hat eine Waffe für mich hinterlassen. Ich greife hinüber und nehme sie in die Hand. Während ich aufwuchs, waren Waffen ständig präsent, aber seltsamerweise habe ich noch nie eine angefasst. Mafiaprinzessinnen sollten nicht wissen, wie man mit einer Waffe umgeht. Aber da ich die Männer oft genug mit ihnen gesehen habe, weiß ich, wie sie funktionieren. Es ist nur so, dass mir noch nie jemand eine in die Hand gedrückt hat. Nicht vor Nick. Ob er nun hier ist oder nicht, er hat mit den Männern an der Tür und dieser Waffe dafür gesorgt, dass ich geschützt bin. Ein warmes Gefühl durchströmt mich angesichts seiner Besorgnis um mich. Ich weiß nicht, warum ich überhaupt überrascht bin, dass er so viel tut, um mich zu beschützen. Seit wir uns kennen, hat er mir schon so oft gesagt, dass ich seine Königin bin. Ich nehme die Waffe mit, während ich zum Schrank gehe, und mir wird klar, dass ich hier keine Kleidung habe.

Ich lege die Waffe auf die Insel in dem riesigen begehbaren Kleiderschrank. Es sieht so aus, als ob eine Seite bereits komplett für mich freigeräumt worden ist. Meine Finger streichen über die Reihen von Nicks Kleidung, bis ich ein einfaches weißes Button-down-Hemd finde, das mir gefällt. Ich halte es an meine Nase, um zu sehen, ob ich den Duft meines Mannes daran riechen kann. Ja. Das tröstet mich, und ich ziehe es mir über, bevor ich mir die Waffe schnappe und zurück ins Schlafzimmer gehe. Ich finde mein Höschen auf dem Boden. Ich schnappe es mir und betrete das Badezimmer, um mich einigermaßen vorzeigbar zu machen, bevor ich durch mein neues Zuhause streife.

Ich klopfe an die Tür, bevor ich sie öffne, denn ich weiß, dass zwei Männer draußen stehen und mich mit ihrem Leben bewachen.

»Ich öffne die Tür«, sage ich, während ich sie öffne. Ein Wachmann dreht sich zu mir um, während der andere den Gang im Auge behält. Der Blick des Wachmanns fällt auf mich und dann auf mein Gesicht.

In diesem Moment wird mir klar, dass ich nicht die Nerven habe, um nur mit Nicks T-Shirt bekleidet vor seinen Männern aufzutauchen.

»Brauchen Sie etwas, Mrs. Davinci?« Seine Augen sind nicht mehr auf mich gerichtet, sondern auf etwas hinter mir.

»Nein. Ich bin gleich wieder da«, sage ich, während ich einen Rückzieher mache und die Tür wieder von innen schließe. Meine Wangen glühen vor Verlegenheit, als ich zurück zum Schrank gehe, um eine Jogginghose oder etwas anderes zum Anziehen zu finden. Ich hoffe, dass mein frischgebackener Mann welche besitzt. Nick Davinci sieht nicht so aus, als wäre er der Typ, der Freizeitkleidung trägt. Er sieht aus, als wäre er zum Tragen eines Anzugs geboren. Ich bin also nicht sehr zuversichtlich, dass ich etwas Brauchbares finden werde, aber ich schaue trotzdem nach. Kein Glück. Ich schaue in den Spiegel. Das Hemd reicht mir fast bis zu den Knien und ist somit gewissermaßen ein Kleid. Ich denke noch einen Moment darüber nach, bevor ich beschließe, dass es egal ist, was ich anhabe.

Ich öffne die Tür. Beide blicken mich kurz an, bevor sie sich wieder auf den Flur konzentrieren. Ich schätze, ich soll für sie unsichtbar sein? Sie wurden angewiesen, ihr Leben für mich zu geben, aber sie sehen mich nicht an? Ich lache fast darüber, wie lächerlich diese Befehle klingen. Also ist es wohl wirklich egal, was ich anziehe.

»Wo ist mein Bruder?«, frage ich und hoffe, dass einer von ihnen weiß, wo er ist.

»Ich werde ihn für Sie ausfindig machen, Mrs. Davinci«, sagt der auf der rechten Seite.

»Ah. Vielen Dank!« Es soll nicht wie eine Frage klingen, aber es wird eine Weile dauern, bis ich mich daran gewöhnt habe, wie die Männer mich hier behandeln. Es ist so anders als das, was ich gewohnt bin. In diesem Haus haben sie Respekt vor Frauen.

»Alles, was Sie wünschen.« Er nickt und holt sein Telefon heraus. Ich brauche auch eines.

»Sophia, haben Sie Hunger?« Ich drehe mich um und sehe Carlotta am Ende des Flurs stehen. »Kommen Sie, ich mache Ihnen etwas zu essen. Bald werden Sie einen Davinci in sich haben, und dann brauchen Sie jedes zusätzliche Extragramm, das Sie bekommen können.«

Ich meine, ich hatte vor einer Stunde noch einen Davinci in mir, aber … Oh. Oh, sie meint ein *Baby*. Meine Wangen werden warm.

Meine Hand wandert zu meinem Bauch. »Du denkst …« Meine Augen werden groß. Warum hatte ich nicht selbst daran gedacht? Das ist alles, worüber ich mir vorher Sorgen gemacht habe. Als ich Antonio geheiratet habe, habe ich mich vor einer Schwangerschaft geschützt, aber ich habe meine Pillen vergessen, seit Nick mich in die Finger bekommen hat. Zu meiner Verteidigung muss ich sagen, dass ich keine Zeit hatte, meine Sachen zu packen, bevor Nick mich mitgenommen hat. Ich muss sie noch besorgen, aber ich bin sicher, dass wenn ich Marco anrufe, er sie mir innerhalb einer Stunde bringen kann, wenn ich ihn darum bitte. Aber vielleicht will ich sie nicht. Vielleicht will ich einen Teil von Nick in mir haben. Es ist überstürzt, plötzlich und unerwartet, aber ja, ich will eine Familie mit ihm gründen.

»Ja, ein Baby.« Ich schaue auf und sehe, dass Carlotta jetzt vor mir steht. Mit einer Hand umschließt sie sanft mein Gesicht. Es ist die Berührung einer Mutter, weich und liebevoll. »Sie werden dieses große Haus mit Lachen und Liebe füllen. Es hat bereits begonnen.« Sie nickt entschlossen, und ihr Gesicht wird ernst. »Signore Davinci wird diesen Krieg heute Nacht beenden. Er weiß, was auf dem Spiel steht.« Ihre Augen treffen meine und versichern mir, dass Nick zu mir nach Hause zurückkommen wird. »Genug Gerede über den Krieg. Wir sollten essen.« Sie dreht sich entschlossen um und geht den Gang hinunter. Da ich mich in meinem neuen Zuhause nicht wirklich auskenne, folge ich ihr.

Auf dem Weg in die Küche zeigt sie mir alles und gibt mir eine kleine Führung. Mir entgeht nicht, wie oft sie sagt: »Und das könnte ein Kinderzimmer sein.« Sie ist wie eine Oma, die sich nach Enkelkindern sehnt. Ich lächele und höre mir alles an, was sie mir zu sagen hat. Wenn jemand mehr über das Haus weiß als Nick, dann ist es wohl Carlotta.

»Marco!«, sage ich, als ich die Küche betrete und ihn auf und ab gehen sehe. Ich eile zu ihm.

»Woher hast du die?« Er versucht, mir die Waffe wegzunehmen, die ich noch in der Hand halte. Weder

Carlotta noch die beiden Wächter haben ein Wort darüber verloren, also ziehe ich meine Hand zurück.

»Mein Mann hat sie mir gegeben.«

Marcos Kiefer spannt sich an. Er will etwas über die Waffe sagen, tut es aber nicht. Ich hoffe, er respektiert Nicks Entscheidung, mir eine Waffe zu geben, und stellt sie nicht infrage.

»Sei vorsichtig mit dem Ding, Soph«, sagt er, bevor er sich an den Tresen setzt. »Du hast keine Erfahrung damit.«

»Das hier ist das gefährliche Ende, richtig?« Ich zeige auf den Griff.

Er rümpft die Nase und schüttelt den Kopf, während ich mit den Augen rolle. »Oh Soph.«

Ich drehe mich um und schaue mir die große Küche an. Sie ist schlicht und modern mit glatten Marmorarbeitsplatten. Ich gehe zu Marco, setze mich auf den Hocker neben ihn und lege die Waffe auf die Arbeitsplatte. Ich fahre mit dem Finger über den weißen und grauen Marmor und träume von kleinen Davincis, die hier überall herumlaufen. Die Küche kann ein so wichtiger Teil des Lebens sein, wenn sich die ganze Familie hier trifft. Ich will das mit Nick.

»Bist du glücklich, Soph?« Die Worte meines Bruders reißen mich aus meinen Gedanken.

»Ich bin glücklicher, als ich es je für möglich gehalten hätte. Ich liebe ihn, Marco. Ich weiß, es scheint schnell zu gehen, aber ich kann es in meiner Seele spüren. Das fühlt sich nicht wie eine Transaktion an. Nicht so, als würde ich verkauft werden. Nicht so, wie es bei Antonio der Fall war. Bei Nick fühlt es sich eher wie eine Vereinbarung an, ein Gelübde, das wirklich etwas bedeutet.«

Mein Bruder schaut mir in die Augen und dann lange nach unten, als ob er das, was ich gerade gesagt habe, verarbeiten würde. Nach einer Weile nickt er zustimmend mit dem Kopf.

»Willst du mir sagen, warum du auf und ab gegangen bist?«, frage ich, während Carlotta das Essen aufwärmt.

»Nick wollte mich nicht mit ihnen gehen lassen«, gibt er zu und lässt mich meinen Mann noch mehr lieben.

»Du wolltest dich ihnen anschließen?« Ich stoße ihn leicht mit dem Ellenbogen an. »Um für die Davincis zu kämpfen?«

Er zuckt mit den Achseln. »Du bist meine Familie. Und wenn du dich für die Davincis entscheidest« – er ergreift meine Hand – »dann tue ich das auch.«

»*Mangiate*«, sagt Carlotta, als sie das Essen auf die Arbeitsplatte stellt. Die Anspannung in Marco lässt etwas nach, als sein Magen knurrt.

Wir schlagen richtig zu und genießen das Essen. Carlotta hat eine einfache Burrata zubereitet und wir verschlingen sie, als hätten wir noch nie zuvor etwas so Köstliches gegessen.

»So gut.« Ich stehle Marco den letzten Bissen.

Er versucht, ihn zu ergattern. »Hey, das ist …«

Mein Herz bleibt stehen, als ein lauter Knall ertönt, gefolgt von einem schrillen Alarm. Meine Hand greift nach der Waffe, und meine Finger umschließen den kalten Stahl.

»Sophia!« Carlotta ergreift mich am Handgelenk und zieht mich aus der Küche.

Marco folgt uns.

»Was ist los?« Ich weiß nicht, warum ich diese Frage stelle. Ich kenne die Antwort. Krieg.

»Oben.« Carlotta führt mich erstaunlich schnell fast im Laufschritt die Treppe hinauf und zeigt mir ein Zimmer, das sich am anderen Ende des Hauses als das Schlafzimmer befindet. Weitere Schüsse ertönen, und Männer schreien.

Jemand an der Haustür ruft: »Das sind Pasquales Männer. Bringt sie raus!«

Meine Wachen positionieren sich mit gezogenen Waffen im Gang hinter uns.

Carlotta öffnet eine schwere Tür und zieht mich in einen Raum, der mit Flachbildschirmen ausgestattet ist.

»Was ist das?«

»Ein Panikraum.« Sie bedeutet Marco, hereinzukommen.

Er schaut mich entschlossen an.

Panik breitet sich in meinem Herzen aus. »Marco, geh nicht da raus …«

»Ich muss es tun.«

»Nein!« Ich stürze zur Tür, aber er schlägt sie mir vor der Nase zu.

»Marco!«, schreie ich und schlage gegen die robuste Tür. Die Holzplatte ist nur ein Furnier, denn ich kann das Metall darunter sehen. Ich wirbele herum und wende mich an Carlotta. »Bitte, mach sie auf. Er wird getötet werden.«

»Ich kann nicht.« Sie schüttelt den Kopf.

»Warum nicht?« Ich schaue mich nach einem Griff, einem Knopf oder sonst etwas um. Aber die Wand und die Tür sind völlig glatt.

»Signore Davinci hat strikte Anweisungen für Ihre Sicherheit hinterlassen, weil er nur so tun kann, was er tun muss. Sie sind ein Risiko.«

»Was?«, schreie ich.

Ihr Gesicht wird ein bisschen weicher, als sie mich zu den Bildschirmen zieht. »Ich meine nur, dass Sie sein Herz sind. Wenn er denkt, dass Sie in Gefahr sein könnten, wird er sich nicht darauf konzentrieren können, das zu tun, was getan werden muss. Er würde sich zu viele Sorgen um Sie machen.«

Ich schlucke heftig und versuche, gelassen zu bleiben. So weit bin ich noch nicht, aber was sie sagt, ergibt durchaus Sinn. »Ich glaube, ich verstehe es.« Trotzdem zehrt die Sorge um Marco und Nick an der wenigen Gelassenheit, die ich noch besitze. »Aber Marco ist noch ein Kind.« Ich beobachte, wie er die Treppe hinuntergeht und einer von Nicks Männern ihm eine Waffe gibt. »Nein, nein, nein.«

»Nick ist auf dem Weg hierher. Vertrauen Sie darauf, dass er uns alle beschützen wird.« Sie zeigt auf einen Bildschirm, auf dem das kaputte Eingangstor und die schwarzen Geländewagen zu sehen sind, die die lange Auffahrt hinauffahren. »Und denken Sie bitte daran, dass dies nicht das erste Mal ist, dass die Davincis von Narren heimgesucht werden.« Sie dreht sich um und öffnet einen Schrank an der fensterlosen Wand. Sie zieht ein halbautomatisches Gewehr heraus, spannt es wie ein Profi und legt es auf den breiten Mahagonischreibtisch unter den Bildschirmen. »Wenn sie uns holen wollen, werden wir bereit sein.«

Im Vergleich zu ihrer sieht meine Waffe wie ein Spielzeug aus. »Verdammt, Carlotta.« Ich habe eine neue Wertschätzung für sie entwickelt und ich glaube, meine Augen waren noch nie so groß wie jetzt.

Sie tätschelt meinen Arm auf ihre großmütterliche Art. »Niemand wird Ihnen wehtun. Nicht unter meiner Aufsicht.«

Ich schaue mir einen anderen Kanal an und beobachte, wie Nick aus einem der SUVs steigt. Weitere Autos fahren die Auffahrt hinunter, und dann beginnt der wahre Krieg.

16

NICK

Wie viele Männer habe ich heute schon umgelegt? Ich habe den Überblick verloren und das ist wahrscheinlich auch gut so. Wenn Petrus mich von der Perlenpforte wegschickt, bin ich sicher, dass er die Anzahl parat hat. Im Moment muss ich mich mit dem Tod auseinandersetzen, damit meine Familie in Sicherheit ist.

Ich komme vor dem Steinhaus, das die Davincis seit fast einem Jahrhundert ihr Zuhause nennen, zum Stehen und springe aus meinem Geländewagen. Eine Blutspur führt über die Einfahrt, und ein Mann liegt regungslos im Garten. Einer von Pasquales Männern.

»Es kommen noch mehr!« Ich pfeife, und die Soldaten strömen von der Vorderseite meines Hauses und von den Seiten zu mir.

Quietschende Reifen kündigen die Ankunft von weiteren Schlägern an, die mich ausschalten sollen, aber Pasquale wird nicht dabei sein. Er ist zu feige, sich die Hände schmutzig zu machen, aber das endet heute. Er spielt kein Schach, zumindest nicht auf die Art und Weise, wie ich es tue. Denn ich habe jetzt eine Königin, die das Brett beherrscht. Seine Bauern können mich nicht aufhalten, denn mit Sophia an meiner Seite bin ich der mächtigste König, den diese Stadt je gesehen hat. Und meine Ritter? Nun, sagen wir einfach, ihre Loyalität wird nur von ihrem Blutrausch übertroffen.

Ein weißer Geländewagen rast auf mich zu, und der Beifahrer hängt mit einer Maschinenpistole aus dem Fenster und feuert auf mich. Ich ducke mich hinter mein Auto, als die Kugeln in das Metall einschlagen und ein paar Fenster hinter mir zerspringen. Die Sorge, die in mir aufkeimt, verpufft wieder, denn ich weiß, dass Carlotta Sophia beim ersten Anzeichen von Gefahr in Sicherheit gebracht hat.

Als der weiße Geländewagen ins Schleudern gerät und fast gegen eine Eiche in meiner Einfahrt kracht, verlasse ich meine Deckung und schieße auf die Fensterscheibe. Meine Soldaten folgen meinem Beispiel, und einige von ihnen rennen die Auffahrt hinunter zum kaputten Tor, um ein Feuerwerk auf die sich nähernden Angreifer loszulassen. Gebrüll und Schmerzensschreie erklingen in der Nacht.

Ich schaue auf und vergewissere mich, dass Gio bereit ist. Ich kann ihn kaum sehen, aber das ist auch nicht nötig. Ich sehe, wie das Kaliber-fünfzig-Gatlin-Gewehr aus seinem Versteck auf eine Stahlplattform aufsteigt.

Marco geht geduckt durch die Vordertür und stellt sich neben mich.

»Jetzt wird's ernst.« Ich zeige mit dem Daumen auf Gio auf dem Dach. »Bist du bereit dafür?«

Er zieht seine Pistole heraus. »Ich bin ein Davinci.«

»Bist du sicher?« Ich bin überrascht, aber unglaublich stolz, dass er sich für meine Seite entschieden hat.

Er nickt heftig. »Wenn Sophia dir vertraut, dann vertraue ich dir auch.«

Ich habe keine Zeit, ihm zu sagen, dass er bei uns wie ein Prinz behandelt werden wird, dass er eines Tages mir ebenbürtig sein und die Freiheit haben wird, seine eigene Familie und sein eigenes Unternehmen zu gründen. Aber all das und mehr geht mir durch den Kopf, als ich an die Zukunft denke, an das, was Sophia und ich mit ihm und für ihn aufbauen können.

Der Junge kommt genau zur richtigen Zeit, denn eine weitere Ladung von Pasquales Soldaten schießt einige meiner Männer nieder, während sie versuchen, uns mit ihrer schieren Anzahl zu überwältigen. Ein Wagen nach dem anderen voller Möchtegern-Capos zerstört meinen Vorgarten und schändet meine gefallenen Soldaten. Gewehrschüsse dringen aus jedem Fenster, und Mündungsfeuer erhellt die Nacht, während sie mein Auto und mein Haus mit Metallgeschossen füllen. Marco erwidert das Feuer und duckt sich mit mir hinter den Geländewagen.

In mir kocht die Wut über die verdammte Respektlosigkeit dieses Angriffs hoch, und sie wird noch heißer, als ich an meine Sophia denke, die wahrscheinlich verängstigt ist, weil unser Leben bedroht wird. Ich greife in meinen SUV und ziehe mein großes Gewehr heraus, eine Waffe, die auf das Schlachtfeld gehört. Es ist geladen, und ich bin bereit. Ich schieße, als der Ansturm kommt.

Gio spielt einen einzigen scharfen Ton durch die Lautsprecheranlage des Anwesens. Die Angreifer werden nicht wissen, was er bedeutet, aber meine Männer schon. Sie rennen um ihr Leben zurück zum Haus. Als ich höre, wie das Kaliber fünfzig zu surren beginnt, grinse ich. Mein Hemd und meine Hände sind bereits blutverschmiert, aber nichts davon ist von mir.

Der dumpfe Knall jedes riesigen Geschosses aus dem Kaliber-fünfzig-Gewehr ist wie eine Feuerwerksexplosion direkt neben mir. Grünzeug fliegt durch die Luft, Äste fallen, und unsere Feinde brechen unter dem unausweichlichen Angriff zusammen. Ich schließe mich dem Getümmel an und schalte alle Soldaten aus, die versuchen, zu meinem Haus vorzudringen. Sie setzen nicht einmal einen Fuß auf den Kreisel, bevor ich sie erledigt habe. Hinter mir wimmelt es von meinen Männern, die darauf brennen, jeden zu töten, der unsere Überlegenheit bedroht.

Einer der Geländewagen explodiert, und Flammen schießen in die Nacht, während auf meinem Rasen ein wahres Blutbad angerichtet wird. Sobald ich zufrieden bin, halte ich meine Hand hoch, das Sperrfeuer hört auf, und die Nacht füllt sich mit Stöhnen, Schreien und Sirenen.

Dafür werde ich Polizeichef Vandridge eine Menge Geld zahlen müssen, aber er hat schon viele Verbrechen für mich unter den Teppich gekehrt.

»Signore?« Tony wartet an meinem Ellenbogen, und seine Augen beobachten mein zerstörtes Gelände.

Ich drehe mich zu meinen Männern um und schlage mir mit einer Faust auf die Brust. »Davinci!«

»Davinci!«, rufen sie zurück.

»Macht sie fertig.« Ich winke sie nach vorn.

Wie ein Heuschreckenschwarm stürmen sie auf das Feld, und schon bald gibt es kein Stöhnen und keine Schmerzensschreie mehr. Jetzt hört man nur noch die Sirenen.

Gio eilt aus dem Haus und begutachtet den Schaden. »Du hast nicht gescherzt, als du sagtest, dass sich das Kaliber fünfzig lohnen würde.«

Ich klopfe ihm auf die Schulter. »Versprich Chief Vandridge jede Summe, die er will, wenn er auftaucht.« Ich wende mich dem Haus zu und eile die Treppe hinauf.

»Wo willst du hin?«, ruft er.

Ich wische mir mit einer Hand über das Gesicht und sie wird blutig. »Nach meiner Braut sehen.«

»Boss.« Meine Wachen gehen mir aus dem Weg, während ich zum Schutzraum laufe.

Ich öffne eine versteckte Klappe, gebe den Code ein, und die Tür klickt.

Bevor ich sie erreichen kann, schwingt sie nach außen auf, und Sophia springt mir in die Arme.

»Ich dachte, sie würden dich töten.« Sie zittert, als

ich sie festhalte. »Und da ist Blut. Oh mein Gott, bist du verletzt?«

»Nein.« Ich drehe mich um und trage sie in mein Schlafzimmer. »Das Blut ist nicht von mir.«

»Ist es vorbei? Sind wir …«

»Noch nicht.« Ich betrete das Hauptbad, setze sie auf den Waschtisch, ziehe mich aus und werfe meine blutigen Klamotten zur Seite.

Ihre Augen weiten sich, als ich unter die Dusche greife und das heiße Wasser aufdrehe. Dann wandert ihr Blick zu meinem steinharten Schwanz. Das Töten für sie hat mein Blut so sehr in Wallung gebracht, dass ich an nichts anderes mehr denken kann, keinen Schritt mehr machen kann, bis ich in ihr bin, dort, wo ich hingehöre.

»Zieh dich aus, *cara mia*.« Ich greife nach ihrem Hemd – *mein Hemd*, denke ich selbstgefällig – und reiße es auseinander. Knöpfe fallen auf die Fliesen, während ihre üppigen Kurven enthüllt werden. Mein Schwanz ist hart und bereit, meine Königin zu erobern, so wie es jeder Eroberer tun würde. Denn dieser Krieg mag noch nicht vorbei sein, aber ich habe ihn bereits gewonnen.

Ich beuge mich herunter und nehme eine Brustwarze in den Mund. Sie schreit überrascht und unschuldig auf, aber die Art, wie sie mit ihren Händen durch mein Haar fährt – sie ist ein böses Mädchen.

Ich ziehe ihr das Höschen aus und trage sie dann in die Duschkabine. Das Blut rinnt den Abfluss hinunter, während das warme Wasser über uns hinwegfließt.

Ich drücke sie mit dem Rücken gegen die Kacheln und küsse ihren Hals. »Ich werde für dich töten, *cara mia*. Jeder, der kommt, um deinen Thron zu bedrohen, wird tot zu deinen Füßen liegen.«

»Gott, Nick.« Sie zieht mein Gesicht zu ihrem und gibt mir einen heißen Kuss.

Als ich meine Erektion an ihre Muschi drücke, stöhnt sie. Ich weiß, dass sie wund ist, aber mein Bedürfnis nach ihr kann nicht geleugnet werden. Ich streichele langsam über ihre Klitoris und lasse meinen Schwanz über ihre heiße, feuchte Haut gleiten. Schon bald krallt sie sich an meinen Schultern fest und wölbt sich gegen mich. Ihr Körper gehört mir.

»Jedes Leben, das ich nehme, gebe ich dir. Ich werde im Blut jedes Mannes baden, der versucht, dich und unsere Familie zu holen.« Ich meine jedes Wort.

»Ich weiß.« Sie legt eine Hand auf meine Wange.

Ihr Atem geht rasend schnell, ihre Augen sind wild, als ich in sie eindringe. Ich schlucke ihren Schrei hinunter und stoße ganz hinein. Ich fülle meine Königin mit meinem Schwanz, während das Blut ihrer Feinde den Abfluss hinuntergespült wird.

17

SOPHIA

Das warme Wasser rinnt an mir herunter, während Nick mit hungrigem Verlangen in mich stößt. Wir sind nicht nur körperlich miteinander verbunden, sondern in jedem Aspekt unseres Lebens. Ich schiebe mich auf seiner Erektion nach unten und nehme ihn ganz in mich auf. Sein Körper ist von all dem Blut, das er vergossen hat, um den Namen Davinci und mich zu verteidigen, voller Adrenalin. Das ist jetzt meine Familie, mein Name. Ein Name, den ich voller Stolz tragen werde.

»Es tut mir leid, *cara mia*, wenn ich grob zu dir bin«, sagt er, als seine Augen auf die meinen treffen. Ich fahre mit meinem Finger über sein hübsches Gesicht und küsse seine Lippen mit dem gleichen Hunger, damit er weiß, dass ich das genauso will wie er. Wir brauchen das beide. Meinem Körper ist der kleine Schmerz, durch den Verlust meiner Jungfräulichkeit vor wenigen Stunden völlig egal. Das Bedürfnis, mit ihm auf die ursprünglichste Weise verbunden zu sein, ist größer.

»Nimm mich härter, mein König.« Ich flüstere die Worte gegen seine Lippen und lasse ihn wissen, dass ich diese Entladung genauso brauche wie er. Er knurrt bei meinen Worten und beginnt, tiefer in mich einzudringen. Wir beide lassen uns von dem Moment einnehmen und vergessen alles um uns herum.

»Ich werde dir nie etwas verweigern, was du dir wünschst, *cara mia*.« Eine seiner Hände umfasst eine meiner Pobacken, und seine Finger graben sich in mich, während ich mich weiter seinem Schwanz entgegenbiege. »Dieses Mal wird es schnell vorbei sein. Ein anderes Mal werde ich dich stundenlang so verehren, wie du es verdienst, aber heute Abend haben wir Familienangelegenheiten zu erledigen.« Er streicht mit seiner freien Hand über meine Klitoris. Ich bin bereits kurz davor, zu explodieren, und schlinge meine Beine noch fester um ihn herum. Seine Berührungen bringen mich um den Verstand. Ich schreie seinen Namen, als ich um seinen Schwanz komme, mein Körper sich fest um ihn schließt und ich ihn nie mehr loslassen möchte. Ich klammere mich an ihn, weil dieser Mann mein Ein und Alles geworden ist, und ich weiß, dass er das immer bleiben wird.

»Genau so, komm für mich.« Er streichelt mich weiter. »Ich werde jeden einzelnen Tropfen von mir in diese enge Muschi spritzen. Unser Reich wird sich eher früher als später vergrößern. Ist es das, was du willst, *cara mia*? Mit meinem Kind schwanger zu sein?«

Bei seinen Worten stockt mir der Atem. Seine Wärme strömt in mich hinein, und ich stöhne seinen Namen, während mein ganzer Körper in seiner Umarmung erschlafft. Ich muss mir keine Sorgen machen, mich auf den Beinen zu halten. Er sorgt dafür, während er meinen Körper zärtlich wäscht. Als er anfängt, sich selbst zu waschen, halte ich ihn auf, weil ich das tun möchte. Ich erkunde seinen Körper mit meinen Händen, und meine Fingerspitzen fahren jeden Muskel, jede Narbe nach, bis ich schließlich seine bereits wieder harte Erektion erreiche. Er ergreift sanft meine Hand und hält sie in seiner.

»Später, *cara mia*.« Er stellt das Wasser ab und führt mich aus der Dusche. Er trocknet uns beide ab, bevor er mich neben dem Waschbecken auf den Waschtisch setzt. Er reicht mir eine Bürste, geht weg und kommt kurz darauf mit Kleidung zurück. Er nimmt mir die Bürste aus der Hand und beginnt, langsam mit ihr durch mein Haar zu fahren. Mein Atem stockt. Das ist der Mann, dessen Hände nur wenige Minuten zuvor so viele Männer getötet haben, aber zu mir ist er weich und lieb.

»Unsere kleinen Mädchen werden deine Haare haben.« Er sagt das, als würde er verlangen, dass solche Dinge wahr werden. Ich fange an zu glauben, dass er das kann.

Ich lecke mir über die Lippen.

»Was ist los, *cara mia*?« Er legt die Bürste ab und streicht mein Haar zur Seite, um meine nackte Schulter zu küssen. »Willst du mir etwas sagen?«

Wie leicht er mich durchschaut. Früher hätte mir das Angst eingejagt, aber nicht bei Nick. Ich liebe es, dass er mich nach so kurzer Zeit schon so gut kennt. Ich liebe ihn. Ich lege meine Hände auf seine Brust.

»Ich habe verhütet«, gebe ich zu. Ich weiß nicht, wie er das aufnehmen wird.

Er scheint den Atem anzuhalten. »Aber jetzt nicht mehr?«

Ich schüttele den Kopf. »Nicht seit ich weg bin.« Ich halte inne, weil ich den Ort, an dem ich davor gelebt habe, nicht als Zuhause bezeichnen möchte. »Von dort.«

»Willst du wieder damit anfangen?« Ich kann spüren, wie sich sein Körper unter meinen Fingerspitzen anspannt.

»Nein.«

Er entspannt sich unter meinem Griff.

Ich schaue auf und sehe ihm in die Augen. »Ich liebe dich.« Es spielt keine Rolle, wie lange ich diesen Mann schon kenne. Er war bereit, mir in diesem Moment etwas zu geben, was er nicht wollte. Ich weiß, wenn ich *Ja* gesagt hätte, hätte er die Pille besorgt. Er hätte es vielleicht gehasst, aber für mich hätte er es getan. Er ist wirklich mein König.

»Ich liebe dich auch, meine Frau.« Er beugt sich herunter und küsst mich intensiv. Als er sich zurückzieht, drückt er seine Stirn an meine. Ich fahre mit meinen Händen über seinen breiten, nackten Rücken.

»Ich habe sie nur genommen, weil …«

»Weil meine Königin nicht nur klug, sondern auch clever ist«, sagt er abschließend, bevor er mir einen weiteren Kuss auf die Lippen drückt. »Du wusstest, dass du zu einem anderen gehörst, und würdest einem solchen Mann wie Antonio kein Kind schenken.«

»Aber dir würde ich alles geben.«

Er lächelt, was für einen solchen Mann sicher selten ist. Das bringt mein Inneres zum Schmelzen.

Ich versuche, ihn zu mir zu ziehen, und will, dass er mich zurück in unser Bett bringt.

»Du führst mich in Versuchung, Frau.« Er hebt mich vom Waschtisch. »Aber das muss warten, zuerst das Geschäft und dann das Vergnügen. Wir machen hier später weiter, dann gehöre ich ganz dir.« Er zwinkert mir spielerisch zu, was nicht gerade dazu beiträgt, meine Lust auf ihn abzukühlen, aber ich weiß, dass er recht hat. Wir müssen die Zukunft unserer Familie sichern, bevor ich diesen und jeden Teil von Nick für den Rest unseres Lebens haben kann. Wenn wir als Familie wachsen wollen, müssen wir die Folgen des Krieges aus der Welt schaffen.

»Reicht das für den Moment?«, fragt er und reicht mir die Kleidung, die er für mich mitgebracht hat. »Wir werden dir mehr besorgen. Ich habe das Gefühl, dass du die aus Lorenzos Haus nicht möchtest.«

»Nein«, stimme ich zu. Das möchte ich nicht. »Ich habe ein paar Dinge, die ich von dort haben möchte. Dinge, die meiner Mutter gehörten. Sie sind schon gepackt.«

»Ich werde sie für dich holen.« Er gibt mir noch

einen Kuss, bevor er sich Richtung Ankleidezimmer entfernt. Ich kann nicht anders, als zuzusehen, wie er geht. Selbst nackt bewegt er sich mit überlegenem Selbstbewusstsein. Er strotzt nur so vor Kraft, und ich kann nicht glauben, dass meine Familie überhaupt versucht hat, ihn herauszufordern. Das bedeutete den Tod, und das hätte sie wissen müssen.

Ich greife nach den Klamotten und ziehe mir zuerst die Unterwäsche an, bevor ich die weite, weiße Hose mit dem mit Blüten bestickten rosafarbenen Oberteil anziehe. Ich frage mich, ob Carlotta das für mich besorgt hat. Es ist hübsch, eher mein Stil, und erinnert mich an die Zeit, als ich meine Tagebücher und Blogs noch mit den neuesten Styles und Trends gefüllt habe.

Nick taucht einen Moment später hinter mir auf, während ich mich immer noch im Spiegel betrachte. »Sind die okay?« Er reicht mir ein Paar silberne Sandalen mit einem Zehenring, der sie am Fuß fixiert.

»Ich liebe sie.« Ich drehe mich um und nehme sie ihm aus der Hand. Ich lehne meinen Kopf zurück, um ihm einen Kuss zu geben, und er beugt sich herunter und gibt mir, worum ich ihn bitte.

»Du siehst wunderschön aus.«

»Bei dir fühle ich mich schön. Du schaffst es, dass ich mich wieder wie ich selbst fühle.« Das tut er wirklich. Er selbst trägt seine normale Hose und ein Button-down-Hemd, was mich beinahe auflachen lässt. Er sieht aus, als wäre er für die Vorstandsetage gekleidet. Ich schätze, jetzt steht ein Meeting auf der Tagesordnung, in dem Geschäfte abgewickelt werden müssen. Unsere Geschäfte sind nur ein wenig anders als die der restlichen Welt, aber für uns sind sie normal. Das ist unser Leben. Vor einer Woche habe ich es noch gehasst, aber jetzt begrüße ich es, denn dadurch bekomme ich Nick. Er macht den Unterschied in diesem Leben aus, und ich weiß, dass es mit ihm eine andere Welt sein wird.

»Gut.« Ich beuge mich hinunter und ziehe die Schuhe an.

Nick nimmt meine Hand in seine. Er führt mich aus dem Schlafzimmer und den Gang entlang. Wir steigen die Treppe hinunter, und ich sehe seine Männer überall. Viele sind immer noch mit Blut bespritzt. Er begleitet mich in einen Gang, den ich noch nicht betreten habe, und mein Bruder, der vor einer Tür steht, geht aus dem Weg.

Nick nickt ihm zu und öffnet die Tür, die in den Keller führt. Ich schaue die Treppe hinunter, und alles ist aus Beton, ganz anders als der Rest des Hauses. Es ist kalt und kahl. Ein Schauer läuft mir über den Rücken, denn ich weiß, wer am Ende dieser Treppe stehen wird. Es wird das Ende der Familie Scalingi sein, aber der Beginn meines neuen Lebens als Teil der Familie Davinci, zu der ich schon immer gehört habe, obwohl ich es nicht wusste. Ich hatte wohl nur darauf gewartet, dass mein König mich findet, und jetzt werden wir beenden, was er begonnen hat – aber mit mir an seiner Seite.

18

NICK

Sophia steigt die Treppe, ohne zu zögern oder mit der Wimper zu zucken hinunter. Jeder Schritt bringt sie näher an eine Entscheidung, die den Kurs unserer Familie bestimmen wird, aber sie zweifelt keine Sekunde lang.

Ich führe sie tiefer in den Keller, in den hinteren Teil, wo der Boden dauerhaft dunkel verfärbt ist. Die ersten Schlieren stammen noch aus der Zeit der Familiengründung, da der Name Davinci auf dem Blut seiner Feinde aufgebaut ist. Dieses Blut muss immer wieder vergossen werden, um unsere Stärke zu untermauern und zu schützen, was uns gehört.

Wir schreiten über den dunkler werdenden Beton, bis wir zu einem Raum aus Ziegelsteinen mit einer schweren Stahltür kommen. Dante und Gio stehen auf beiden Seiten davon, und ihre Augen sind auf mich gerichtet.

Sophia umklammert meine Hand.

»Sei stark, *cara mia*.« Ich recke Gio mein Kinn entgegen, und er öffnet die Tür.

Sie keucht – vielleicht wegen des Geruchs – aber sie folgt mir hinein. Eine einfache Glühbirne hängt an der Decke, und ihr Licht ist grell in dem kleinen Raum. Auf der rechten Seite steht ein verrosteter Metalltisch, auf dem blutverschmierte Werkzeuge liegen – manche alt, manche neu. Wir legen keinen großen Wert auf Sauberkeit in diesem Raum, vor allem, weil diejenigen, die hier landen, ihn nicht lebend verlassen werden.

Pasquale Scalingi sitzt in der Mitte, seine Arme und Beine sind an einen Stuhl gefesselt, und sein linkes Auge ist zugeschwollen. Abgesehen von einer aufgeplatzten Lippe, einer gebrochenen Nase und einem fehlenden kleinen Finger ist er in guter Verfassung, da Dante noch nicht bei den wirkungsvolleren Werkzeugen angekommen ist.

Normalerweise wäre Pasquale schon tot und sein Blut würde sich mit dem aller anderen vermischen. Dieser Boden saugt Jahr für Jahr ihre Zahlungen auf und erhöht damit meine Schulden, für den Tag der Abrechnung. Aber der wird erst kommen, wenn ich alt und grau bin, und dann ausschließlich zu meinen Bedingungen.

Heute ist es jedoch anders. Heute werde ich nicht Richter, Jury und Henker sein, da ein König diese Entscheidungen nicht ohne den Rat seiner Königin treffen kann.

Ich stütze sie und halte sie sicher vor mir in meinen

Armen, während wir ihrem Großvater entgegentreten. »Hast du etwas zu sagen, Pasquale?«

Er spuckt einen Batzen Blut auf den Boden. »Zu dir?«

»Zu deiner Enkeltochter.«

»Ich sehe hier keine Enkeltochter.« Er sieht sie direkt an.

»Sprich vorsichtig, alter Mann. Sie ist diejenige, die über dein Schicksal entscheiden wird.«

Sie spannt sich noch mehr an und dreht sich um, um mich anzusehen. »Ich?«

»Du.« Ich nicke. »Du hast am meisten unter den Scalingi-Männern gelitten. Du wirst entscheiden, was mit deinem Großvater geschehen soll.«

Sie richtet ihren Blick wieder auf Pasquale. »Laut Pasquale habe ich keinen Großvater. Warum sollte mich also interessieren, was mit ihm passiert?«

»Sophia.« Pasquales Ton ändert sich, wird weicher, wird schmeichelnd. »Bitte, meine Liebe. Nicht …«

»Erzähl mir von meiner Mutter.« Die Kälte in ihrer Stimme schickt ein pochendes Verlangen direkt in meinem Schwanz.

»Was meinst du, Sophia?«

»Ich meine«, sie macht einen Schritt nach vorn, »was ist mit ihr passiert?«

»Ich habe ihr nicht wehgetan.« Er versucht, mit den Schultern zu zucken. Was schwer ist, wenn man mit Klebeband an einen Metallstuhl gefesselt ist.

»Aber du weißt, was passiert ist, oder nicht?«

Er schaut mit seinem verbliebenen intakten Auge weg.

»Sag es mir!« Ihr Schrei hallt von den Ziegelsteinwänden wider.

Jetzt fängt er an zu zittern, und eine neue Pfütze aus Urin bildet sich unter ihm.

»Sie ... sie wollte gehen. Und dich und Marco mitnehmen. Aber Lorenzo wollte das nicht zulassen, also ...«

»Wusstest du davon?« Sie macht einen weiteren Schritt nach vorn, und ich folge ihr, drücke sie an mich und zeige ihr, wie sehr mich ihre Stärke erregt.

»Wusste ich wovon?«

»Wusstest du, dass sie gehen wollte?«

Er schaut wieder weg. Was auch immer er einst für ein Pokerface hatte, jetzt ist es weg. Nur die Angst lebt in ihm, keine List, keine Gerissenheit. Erbärmlich.

»Du hast es gewusst, nicht wahr?« Ihre Worte sind wie eine Peitsche, die den alten Mann mit voller Wucht trifft. »Du wusstest es, und hast dich mit Lorenzo darauf geeinigt, sie zu töten, stimmt's? So läuft es doch ab. Die Männer entscheiden, und die Frauen leiden?«

Er erzittert so stark, dass der Stuhl klappert. »Nein, das würde ich nie tun. Nein, Sophia, du weißt, ich würde nie ...«

»All die Male, die ich um sie geweint und nach ihr gefragt habe ...« Sie hebt eine Hand und zeigt auf die feine Narbe auf ihrer Stirn. »Du wusstest, dass sie tot war. Du hast es gewusst. Und du warst daran beteiligt, sie zu töten. Mein Vater mag die Tat begangen haben, aber du warst eingeweiht. Du hast es abgesegnet.« Mit einer schnellen Bewegung schnappt sie sich einen Schraubenzieher vom Tisch und geht auf ihn zu. »Du bist der Grund, dass sie tot ist. Du bist der Grund, warum ich das hier habe.« Sie bewegt ihr Haar so, dass er die Narbe sehen kann. Sie hält den Schraubenzieher hoch und greift ihn damit an.

Er schreit, und Blut läuft ihm über die Stirn. »Nein, Sophia, ich habe versucht, sie zu retten. Ja. Ich …«

»Erzähl deine Lügen jemand anderem.« Sie wirft den Schraubenzieher weg und zieht sich zurück, während Pasquale weint wie ein schwaches, unbedeutendes Stück Scheiße – das er auch ist.

Ich küsse ihr Haar. »Meine Königin«, flüstere ich ihr ins Ohr. »Meine gnadenlose Königin.«

»Es tut mir leid.« Er schluchzt. »Töte mich nicht. Deine Mutter kannte die Risiken. Sie hat sich entschieden, ihn zu heiraten. Sie …«

»Sie wurde an ihn verkauft, genau so, wie du mich an Antonio verkauft hast.«

Er stottert, weil er keine Ausreden mehr hat. »Sophia, bitte. Ich bin dein Blut.«

»Nein.« Sie dreht sich um und schlingt ihre Arme um meinen Hals, dann gibt sie mir einen Kuss, der meine Seele in Brand setzt. »Das ist mein Blut. Ich bin eine Davinci.« Mit einem Blick, der eine ganze Stadt in Flammen setzen könnte, wendet sie sich ihm zu. »Und wir werden alle töten, die uns vernichten wollen.«

»*Cara mia.*« Ich nehme ihren Mund wieder und

schmecke die süße Rache auf ihrer Zunge. Ich hebe sie hoch und trage sie aus dem Zimmer.

Gio und Dante wissen, was zu tun ist. Der Erlass meiner Königin ist endgültig. Ich werde Pasquale nicht die Ehre geben, ihn selbst zu töten. Nicht, wenn ich mich an meiner einzigartigen, starken Schönheit ergötzen will.

Ich trage sie die Treppe hinauf, gehe in mein Büro und schließe die Tür hinter uns.

»Was ist mit den anderen Familien?« Sie ist außer Atem, als ich sie auf den Schreibtisch setze.

»Wir werden heute Abend mit ihnen zu Abend essen.« Ich ergreife ihre Hose und ziehe sie herunter, dann wende ich mich ihrem rosa Spitzenhöschen zu. »Und das brauchst du nicht.« Mit einem kräftigen Ruck reiße ich es weg und falle auf die Knie.

»Nick!«, quiekt sie, als ich ihre enge Muschi lecke und dann an ihrer Klitoris sauge.

Pasquale stirbt gerade eine Etage weiter unten, unter unseren Füßen, und die alte Familie löst sich auf, während wir unsere neue aufbauen. Ich lecke sie und sauge an ihrem Knubbel, bis sie keucht und ihre Hände in meinem Haar hat. Dann stehe ich auf, hole meinen Schwanz heraus und fordere sie ein.

Sie krallt sich in meinen Nacken, und ihr Mund ist ein wildes Ding auf meinem, während ich sie hart ficke. Sie kann es verkraften. Sie kann alles nehmen, was ich ihr gebe. Der Schreibtisch schrammt über den Boden, als ich ihren Hintern nach vorn reiße und so tief in sie eindringe, dass sie mich den ganzen Tag lang spüren wird.

Sie schlingt ihre Beine um mich und sagt: »Mehr.« Ich erfülle ihren Wunsch, und jeder Stoß macht mich härter, macht mich verrückt nach ihr.

Als sie zwischen uns greift und sich selbst berührt, kann ich den Anblick, wie ihre kleinen Finger über das rosa, feuchte Fleisch reiben, nicht ertragen. Ich stoße tief zu, komme hart und fülle sie mit mir, während sie stöhnt und ihre Muschi um mich herum krampft. Unsere Liebe ist explosiv, und das Verlangen verbrennt alles, was vorher war. Keiner kann sich gegen uns stellen.

Wir sind eins, meine Königin und ich, und wir werden herrschen. Mit Liebe füreinander. Und mit der Angst von allen anderen.

EPILOG

Fast 3 Jahre später

»Cara mia.« Ich schaue von meinem Computer auf, als ich Nicks Stimme höre. Ich sitze an seinem Schreibtisch, obwohl ich ein eigenes Arbeitszimmer habe. Ich arbeite gerne in seinem Büro, wenn er unterwegs ist. Es ist nah an der Vorderseite des Hauses, und normalerweise höre ich die Leute kommen und gehen, aber ich muss wohl im Tunnel gewesen sein, während ich an dem neuesten Artikel für meinen Blog gearbeitet habe.

Unser Kater Fredo springt vom Schreibtisch und schmiegt sich an die Beine meines Mannes.

Er beugt sich herunter und streichelt seinen Kopf. »Warum liegt ein totes Backenhörnchen auf der Eingangstreppe?«

Fredo schnurrt.

Nick grinst und zeigt dabei seinen tödlichen Humor. »Ich weiß, dass du es warst, Fredo.«

»Ist das das einzige Steife, das dich interessiert?« Ich beiße mir auf die Lippe, als meine anstößigen Worte ihn treffen.

Er sieht mit Feuer in den Augen zu mir auf. Ich lächele und stoße mich vom Schreibtisch ab, um ihn zu begrüßen. Er zieht seine Jacke aus und wirft sie weg, bevor ich ihn erreiche. Er hebt mich hoch, und meine Füße baumeln in der Luft, während er mich küsst. Ich habe ihn vermisst. Sein Mund auf mir erinnert mich immer daran, dass ich zu Hause bin, und wenn er weg ist, ist unser Haus nicht dasselbe.

»Was hast du so getrieben?«, frage ich und küsse ihn erneut, bevor er antworten kann.

Er lächelt gegen meine Lippen. »Ich war unterwegs, um nach dem Rechten zu sehen. Das Normale. Aber ich habe dich vermisst. Das mache ich immer, wenn ich weg bin. Wie war dein Tag, meine Königin?«

Ich lache in seinen Armen. Nick hasst es, von mir getrennt zu sein, und jedes Mal tut er so, als wären wir schon seit Tagen und nicht erst seit Stunden getrennt.

Mit einem Blick nach oben zum Schlafzimmer über uns sage ich: »Ich habe Nikolai für seinen Mittagsschlaf hingelegt und an einem neuen Blogbeitrag gearbeitet.«

»Ich habe dir etwas mitgebracht, aber das kann warten, bis du fertig bist, wenn du möchtest.« Er stellt mich wieder hin. Seine Hand wandert zu meinem

Bauch und streichelt die kleine Beule, die unser Mädchen ist.

Ich bin gerade erst im zweiten Trimester, aber die Technologie heutzutage ist der Wahnsinn, und man hat uns bereits gesagt, dass wir ein kleines Mädchen bekommen. Als sie uns die Nachricht überbrachten, war es eines der wenigen Male, dass ich Angst in den Augen meines Mannes sah. Er wird so überfürsorglich sein. Ich muss darauf achten, dass wir uns ausgleichen, aber das tun wir immer. Jeder von uns hat das gleiche Mitspracherecht, wie unser Haus geführt wird. Ich habe einige Zeit gebraucht, um mich daran zu gewöhnen, aber jetzt weiß ich nicht, wie man anders leben kann. Ich liebe Nick nur noch mehr dafür, dass er mich nach meiner Meinung fragt und sie respektiert. Er ist so, wie ein Mann wirklich sein sollte – sanft zu mir, und hart zu jedem, der mir in die Quere kommt.

Ich deute mit der Hand Richtung Computer. »All das kann warten. Was hast du für mich?« Ich zappele herum und versuche, an ihm vorbeizuschauen. Gio steht an der Eingangstür, die noch immer offen steht und das Tageslicht reinlässt.

Nick lächelt vergnügt. »Ich dachte, es wäre einfacher, die Auswahl hierherzubringen. Du sagtest doch, du wolltest Marco zu seinem achtzehnten Geburtstag ein Auto schenken.«

»Du hast ein ganzes Autohaus hierhergebracht?« Ich lache. Als sich sein Gesichtsausdruck nicht verändert, weiß ich, dass ich den Nagel auf den Kopf getroffen habe. »Wie viele Autos stehen da draußen?« Ich ziehe eine Augenbraue hoch.

»Sechs.« Er legt einen Arm um mich und zieht mich an sich. »Wenn du dich schnell entscheidest, habe ich vielleicht noch Zeit, deine süße Muschi zu lecken, bevor unser Kleiner aufwacht und dich mir wegnimmt.«

Ich rolle mit den Augen. Nick hat seinen eigenen inneren Kampf mit der ganzen Still-Sache. Er will, dass ich es tue, aber er hasst es auch, dass ich mich nie zu weit von dem Baby entfernen kann. Aber ich verabscheue diese blöde Milchpumpe, und es ist nur noch ein Monat, bis ich abstille. Nun … bis unsere Tochter kommt und wir wieder von vorn anfangen. Aber ich werde mich nie über etwas beschweren, was ich habe. Der Weg dorthin war nicht immer einfach, aber Nick hat meine Richtung und mein Leben verändert. Ich bin jeden Tag dankbar für alles, was er mir gegeben hat, und für die Liebe, die wir teilen.

Er führt mich nach draußen, wo tatsächlich sechs nagelneue Fahrzeuge stehen. Ich habe keine Ahnung von Autos, aber ich möchte, dass Marco etwas Schönes und trotzdem Sicheres hat. Er hat sich in der Schule so gut geschlagen. Ich glaube nicht, dass der Abschluss in Reichweite wäre, wenn Nick nicht in unser Leben geplatzt wäre. Marco redet ständig vom College, und neulich wäre mir fast die Gabel aus der Hand gerutscht, als er sagte, dass er über Jura nachdenkt. Seine Worte erfüllten mich mit so viel Stolz.

Ein weiterer Mann im Anzug steht am mittleren

Wagen. Ich vermute, dass er der Autoverkäufer ist, denn ich kenne ihn nicht und ich kenne jeden, der kommt und geht. Nick erzählt mir zu jedem der Autos und SUVs etwas.

»Das hat die beste Sicherheitsbewertung?« Ich drehe mich um und schaue den Verkäufer an. »Von allen?« Zugegebenermaßen sind das alles wunderschöne Autos. Aber ich bin mir sicher, wenn Marco hier wäre, würde er sich wahrscheinlich einen Sportwagen wünschen.

Der Mann antwortet nicht auf mich, sondern wendet sich an Nick. »Der hier hat kugelsicheres Glas.« Er klopft an die Scheibe des Mercedes. Ich glaube, man nennt ihn G-Klasse.

»Schauen Sie meine Frau an, wenn sie Ihnen eine Frage stellt. Nicht mich«, weist Nick ihn zurecht.

Die Augen des Mannes richten sich wieder auf mich, bevor sie sich dem Boden zuwenden. Ich muss nicht zu meinem Nick schauen, um zu wissen, dass er sauer ist. Er hasst es, wenn ich spreche, die Leute dann aber ihn anschauen, damit er antwortet und für mich spricht. Ich lege meine Hand auf seine, da ich weiß, dass meine Berührung ihn beruhigen wird. Der Verkäufer ist nicht aus unserer Welt, und es wurde schon genug Blut im Vorgarten vergossen. Der Gärtner war erst heute Morgen hier, um unseren Garten neu zu gestalten.

»Danke, aber das war dann auch schon alles.« Ich drehe mich um und gehe zurück ins Haus.

»Sie haben meine Frau gehört. Gehen Sie«, sagt

Nick und gibt ihm ein Zeichen, dass die Autos verschwinden sollen.

»Ich wollte nicht respektlos sein, Mr. Davinci«, stottert der Mann.

»Sie sollten sich mit Ihrer Entschuldigung nicht an mich wenden, sondern an meine Frau.«

Ich lächele, als ich die Eingangstreppe hinaufsteige. Ich liebe diesen Mann mit allem, was ich habe.

»Nick«, sage ich von der Eingangstür aus. »Ich denke, wir sollten unsere anderen Kontakte anrufen, um zu sehen, welche Auswahl sie haben.« Ich bin mir nicht einmal sicher, ob wir noch andere Kontakte haben, aber es klang gut, als ich es sagte. Manche mögen behaupten, ich sei grausam, aber ich dulde keine Respektlosigkeit in meinem Haus. Diese Zeiten sind längst vorbei. Um in dieser Welt Respekt zu verdienen, muss man seinen Wert kennen, und dank Nick kenne ich meinen. Ich drehe mich um und gehe hinein, aber nicht bevor ich das Grinsen auf dem Gesicht meines Mannes gesehen habe.

Ich eile in unser Schlafzimmer, erregt von dieser kleinen Machtdemonstration. Ich höre Nicks Schritte, die mich wissen lassen, dass er dicht hinter mir ist, und ich habe kaum ein paar Schritte in den Raum geschafft, als sich seine Hände um mich legen und mich sanft an seinen Körper ziehen. Er fängt an, meinen Hals zu küssen, und seine Hand gleitet in mein Höschen, um die Feuchtigkeit zu spüren, die sich zwischen meinen Beinen gebildet hat. Er knurrt zufrieden, als er beginnt, meine Klitoris zu reiben.

»Wird meine Königin durch ihre Macht erregt?«

Ich schüttele den Kopf. Es ist nicht meine Macht, die mich erregt, sondern der Respekt, den Nick von anderen einfordert.

»Du bist es. Alles an dir. Immer du«, sage ich. Ich drehe mich um, so dass seine Hand zwischen meine Beine rutscht und ich ihm in die Augen schauen kann.

»*Cara mia*, ich fordere nur von ihnen ein, dir zu geben, was du verdienst.« Er beugt sich vor und nimmt meine Lippen. Ich werde nie genug davon bekommen, wie sich sein Mund auf meinem anfühlt. Ich greife nach unten und öffne seine Hose, dann greife ich nach seinem harten Schwanz und lasse ihn aus seiner Boxershorts herausspringen. Bevor Nick merkt, was ich vorhabe, breche ich den Kuss ab und lasse mich vor ihm auf die Knie fallen.

»Nein, *cara mia*, nicht, wenn du mit meinem Kind schwanger bist. Du solltest nicht vor mir auf die Knie fallen.«

Ich streichele ihn und lasse ihn wissen, dass ich nicht nachgeben werde. »Mein König, du hast gesagt, du würdest deiner Königin immer geben, was sie sich wünscht.«

Er knurrt, während ich die Lusttropfen von seiner Eichel lecke. Ich höre nicht damit auf, sondern nehme ihn ganz in meinen Mund. Er stöhnt, als ich ihn so tief hineinsauge, wie ich kann.

»Sieh mich an, *cara mia*. Ich möchte, dass du siehst, was für ein Vergnügen dein süßer Mund mir bereitet.«

Ich tue, was er sagt. Seine Hand greift in mein Haar

und hält es fest, während er beginnt, meinen Mund zu nehmen. »Ist es das, was du wolltest, meine Königin? Macht es dir Freude, meinen Schwanz in deinen Mund zu nehmen? Mich dir ausgeliefert zu sehen?«

Ich stöhne ein Ja, und mein Unterleib zieht sich zusammen, weil er recht hat. Ich liebe es, ihm Lust zu bereiten, ihn vor Verlangen verrückt zu machen. Er gibt mir immer das Gefühl, stark zu sein, aber wenn wir in unserem Schlafzimmer sind, ist das Geben und Nehmen das ultimative Machtspiel. Er stößt seinen Schwanz in meinen Mund, und meine Zunge begrüßt ihn, bevor er sich zurückzieht und mich von meinen Knien hebt.

Mein Rücken landet auf dem Bett, und er schiebt sich über mich und spreizt meine Schenkel mit seinen Knien. Er beugt sich vor und küsst mich leicht auf den Mund, bevor er seinen Schwanz nimmt und ihn an meinen Eingang führt. Ich hebe meine Hüften und flehe ihn an, mir zu geben, was ich brauche. Er gleitet in mich hinein, bis er ganz in mir vergraben ist.

»Du bist so schön, *cara mia*«, sagt er, während er in mich eindringt. »Meine Liebe, meine Königin. Meine.«

Ich öffne mich weiter für ihn, nehme ihn vollständig in mir auf und genieße seine Berührung und seine Liebe. »Für immer, mein König. Für immer Davinci.«

LESEPROBEN

Wenn Ihnen die Geschichte von Sophia und Nick gefallen hat, hinterlassen Sie bitte eine Rezension.

Um weitere Bücher der MINK zu lesen, besuchen Sie www.greyeaglepublications.com/de/book-author/mink-de/.

Möchten Sie benachrichtigt werden, wenn unser nächstes Buch voller knisternder Leidenschaft erscheint? Besuchen Sie www.greyeaglepublications.com/de/ und melden Sie sich für unseren Newsletter an.

Wenn Ihnen dieses Buch gefallen hat, werden Sie auch diese beiden dunklen Liebesromane lieben: *Schreckliche Schönheit* von Anna Zaires und *Rules Besessenheit* von Lynda Chance. Blättern Sie um, um einen spannenden Auszug aus jedem Buch zu entdecken!

AUSZUG AUS SCHRECKLICHE SCHÖNHEIT VON ANNA ZAIRES

Ein Familienvertrag. Eine dunkle Abmachung. Kein Entkommen.

Vor elf Jahren lernte ich ihn kennen. Ein Jahr später war ich mit ihm verlobt. Jetzt ist er gekommen, um mich zu holen, und schlachtet jeden ab, der sich ihm in den Weg stellt.

Mein zukünftiger Ehemann ist ein Monster aus einer ebenso skrupellosen und mächtigen Familie wie der meinen, ein Mann, der Gewalt und Zerstörung mit sich bringt … ein Mann, der meinem Vater erschreckend ähnlich ist. Seit über einem Jahrzehnt verfolgt er mich und beschattet mein Leben.

Ich fürchte ihn. Ich hasse ihn. Aber das Schlimmste ist, dass ich ihn begehre.

Mein Name ist Alina Molotowa, und Alexej Leonow ist ein Schicksal, dem ich nicht entkommen kann.

Kühle Lippen streichen über meine pochende Stirn und bringen einen schwachen Duft von Kiefer, Meer und Leder mit sich. »Pst … Ganz ruhig. Es geht dir gut. Ich habe dir nur etwas gegeben, um deine Kopfschmerzen zu lindern und das hier einfacher zu machen.«

Die männliche Stimme ist tief, dunkel und seltsam vertraut. Die Worte werden auf Russisch gesprochen. Mein unscharfer Verstand hat Mühe, sich zu konzentrieren. Warum Russisch? Ich bin in Amerika, oder nicht? Woher kenne ich diese Stimme? Diesen Duft?

Ich versuche, meine schweren Lider zu öffnen, aber sie lassen sich nicht bewegen. Das Gleiche gilt für meine Hand, als ich versuche, sie anzuheben. Alles fühlt sich unvorstellbar schwer an, als wären meine Knochen aus Metall und mein Fleisch aus Beton. Mein Kopf rollt zur Seite, da meine Nackenmuskeln das Gewicht nicht mehr tragen können. Es ist, als wäre ich ein Neugeborenes. Ich versuche, zu sprechen, aber ein unzusammenhängendes Geräusch entweicht meiner Kehle und vermischt sich mit einem entfernten Dröhnen, das meine Ohren jetzt wahrnehmen können.

Vielleicht bin ich ein Neugeborenes. Das würde

erklären, warum ich so lächerlich hilflos bin und mir keinen Reim auf irgendetwas machen kann.

»Hier, leg dich hin.« Starke Hände ziehen mich auf eine weiche, flache Oberfläche. Nun, das meiste von mir. Mein Kopf landet auf etwas Erhöhtem, das hart, aber bequem ist. Kein Kopfkissen, dafür ist es zu hart, aber auch kein Stein. Das Objekt gibt nicht viel nach, aber es gibt etwas nach. Es ist auch merkwürdig warm.

Das Objekt verschiebt sich leicht, und aus den nebligen Vertiefungen meines Verstandes taucht die Antwort auf das Rätsel auf. *Ein Schoß.* Mein Kopf liegt auf dem Schoß von jemandem. Jemand männlichem, den stählernen, dick bemuskelten Oberschenkeln unter meinem schmerzenden Schädel nach zu urteilen.

Mein Puls beschleunigt sich. Auch wenn meine Gedanken träge und verworren sind, weiß ich, dass das nicht normal für mich ist. Keine Schöße oder Männer für mich. Zumindest nicht in meinen bisherigen fünfundzwanzig Jahren.

Fünfundzwanzig. Ich klammere mich an diesen Splitter des Wissens. Ich bin fünfundzwanzig Jahre alt und kein Neugeborenes. Ermutigt durchforste ich die verworrenen Erinnerungen und suche nach einer Antwort auf das, was passiert, aber sie entzieht sich mir, da die Erinnerungen nur langsam kommen, wenn überhaupt.

Dunkelheit. Feuer. Ein Dämon wie aus einem Alptraum kommt, um mich einzufordern.

Ist das eine Erinnerung oder etwas, was ich in einem Film gesehen habe?

Eine Nadel sticht tief in meinen Hals. Unerwünschte Müdigkeit breitet sich in meinem Körper aus.

Das letzte Stück fühlt sich echt an. Mein Verstand mag nicht funktionieren, aber mein Körper kennt die Wahrheit. Er spürt die Bedrohung. Mein Herzschlag beschleunigt sich, während das Adrenalin meine Adern füllt. Ja. Ja, das ist es. Ich kann das schaffen. Mit der Kraft des wachsenden Entsetzens öffne ich meine bleiernen Augenlider und blicke in Augen, die dunkler sind als die Nacht, die uns umgibt. Augen in einem grausam schönen Gesicht, das mich in meinen Träumen und Alpträumen verfolgt.

»Kämpf nicht dagegen an, Alinyonok«, murmelt Alexej Leonow. Seine dunkle Stimme klingt verheißungsvoll und bedrohlich zugleich, während er mit seinen Fingern sanft durch mein Haar fährt und die pochende Spannung in meinem Schädel massiert. »Du machst es dir nur noch schwerer.«

Die Ränder seiner Schwielen verhaken sich in meinem langen Haar und er zieht seine Finger heraus, nur um seine Handfläche um meinen Kiefer zu legen. Er hat große Hände, gefährliche Hände. Hände, die allein heute Dutzende von Menschen getötet haben. Von der Erkenntnis dreht sich mir der Magen um, während sich ein Knoten der Anspannung tief in mir löst. Zehn lange Jahre habe ich mich vor diesem Moment gefürchtet, und jetzt ist er endlich da.

Er ist hier.

Er ist gekommen, um mich einzufordern.

»Nicht weinen«, sagt mein zukünftiger Mann sanft

und streicht mir mit der rauen Kante seines Daumens die Nässe aus dem Gesicht. »Es wird nicht helfen. Das weißt du.«

Ja, das weiß ich. Nichts und niemand kann mir jetzt helfen. Ich erkenne dieses ferne Dröhnen. Es ist das Geräusch eines Flugzeugmotors. Wir befinden uns in der Luft.

Ich schließe meine Augen und lasse mich von der dunstigen Dunkelheit einnehmen.

Möchten Sie mehr erfahren? Besuchen Sie www.annazaires.com/book-series/deutsch/ um Ihr Exemplar noch heute zu bestellen!

Ein Alphamännchen wie kein anderes: Damian Rule ist
ein ultra-seriöser Geschäftsmann, der sein Leben
genau so geschäftig mag, wie es ist. Er trägt sein Haar
kurz geschnitten. Er weiß seine geschäftlichen
Angelegenheiten gerne geordnet, und er besteht
darauf, dass seine Frauen tadellos gepflegt und
konservativ in Sprache und Aussehen sind. Als er
Angie Ross zum ersten Mal begegnet, sieht er ein
heißes, schönes, schwarz gekleidetes Chaos. Mit ihren
Netzstrümpfen und Stachel-Ledermanschetten ist sie
für seine Bedürfnisse auf Dauer völlig ungeeignet. Aber
auf kurze Sicht? Würde sie ihm sicher geben können,
was er von ihr brauchte.

Damian Rule saß im Empfangsbereich des auf das
Thema Sport ausgerichteten Friseursalons und fragte

sich zum hundertsten Mal, warum zur Hölle er schon wieder hierhergekommen war. Der Salon lag auf der anderen Seite der Stadt, weit entfernt von seiner Wohnung und seinem Büro im Stadtzentrum. Zudem empfand er das Ambiente auch nicht als sonderlich ansprechend. Die Beleuchtung war viel zu grell, und eine ständige Flut an Kommentaren über Sportveranstaltungen – die ihn wohlgemerkt einen Scheiß interessierten – hallte durchgehend aus den überall verteilten Flachbildfernsehern.

Als er sich im Salon etwas genauer umschaute, stellte er außerdem fest, dass weder die Angestellten noch die Kundschaft dieses Salons die Art von Mensch war, mit der er sich für gewöhnlich umgab. Das erste Mal war er aus Verzweiflung in diesen Friseursalon gekommen, als er dringend einen ordentlichen Haarschnitt brauchte und dies der nächstgelegene Salon gewesen war, den er finden konnte. Seitdem kam er immer wieder hierher. Zugegebenermaßen leistete seine Friseurin wirklich gute Arbeit, allerdings auch nicht so gut, als dass sie für ihn unersetzlich wäre.

Als sie ihn für seinen Termin holte, direkt anfing zu plappern und begann, in der obersten Schublade ihres Arbeitswagens zu wühlen, blendete Damian sie einfach aus und ließ seinen Blick durch den Teil des Salons gleiten, den er durch den Spiegel sehen konnte.

Er fand nicht sofort, wonach er suchte, also schaute er sich weiter um. Der Salon war gut besucht, wie eigentlich immer. Es waren mehrere Friseure bei der Arbeit. Entweder schnitten sie ihren Kunden gerade die Haare an ihren Bedienplätzen oder sie wuschen sie ihnen an den Haarwaschplätzen. Nachdem weitere Minuten geduldiger Beobachtung verstrichen waren, wurde sein Eifer durch eine leichte Bewegung im hinteren Teil des Ladens belohnt. Aaaaah ... *da war sie.*

Sie war über eine kleine Schüssel gebeugt, in der sie gerade eine Haarfarbe mischte. Ihre weiblichen Körperformen und ihr niedergeschlagener Blick verursachten bei Damian jedes Mal, wenn er sie sah, die gleiche Anspannung in seiner Leistengegend. Während er sie weiter beobachtete, wurde ihm klar, wieso er immer und immer wieder in diesen Salon zurückkam. Es lag nicht an der Örtlichkeit des Salons oder an der Friseurin, die seine Haare schnitt; auch nicht an den Sportveranstaltungen, die hier während der Geschäftszeiten übertragen wurden. Das alles war nicht der Grund dafür.

Er kam allein wegen dieser Frau, die er gerade beobachtete. Die Friseurin, die seine volle Aufmerksamkeit hatte, die, die die anderen alle Angie nannten.

Damian ließ diese Silben durch seinen Kopf kreisen und die Bedeutung dieses Namens ein Bild in seinen Gedanken formen. Angie. Angela. *Engel.*

Sein Mund formte sich zu einem Grinsen. Engel. *Ja, das passt.*

Das Mädchen ähnelte in keinster Weise einem Engel, weder was ihre Körperform noch ihr Aussehen anging. Es sei denn, die Tatsache, dass ihre vollen

Lippen ihm zweifellos den Himmel auf Erden bescheren könnten, zählte auch.

Verdammt.

Er musste sie aus seinem Kopf bekommen, das war ihm bewusst. Aber wie zum Teufel sollte er das schaffen, wenn er jedes Mal, wenn er einen einfachen Haarschnitt brauchte, sich wie ein hirnloser Idiot von seinem Schwanz hierher zurückführen ließ? Schon *seit Monaten* kam er hierher, um sie zu beobachten. Es war zweifellos ein absolut *erstaunliches* Wunder, dass Damian in der Lage gewesen war, so lange stillzusitzen und sie einfach nur zu beobachten. Innerlich löste sie bei ihm Prozesse aus, die … *verdammt.* Er holte tief Luft und sammelte sich wieder. Er wollte nicht daran denken, was sie in seiner Vorstellung schon alles mit ihm angestellt hatte.

Damian konnte seine Augen nicht von ihr abwenden. Unfähig, gegen diesen starken Drang anzukommen, beobachtete er sie weiter, als wären seine Augen Magnete, die von Metall angezogen wurden. Er war so sehr von ihr angetan, dass sein Penis gegen seine Jeans anschwoll, während er sie musterte. Ja, ein Engel war sie mit Sicherheit nicht, sondern eher das genaue Gegenteil. Auch wenn sie sich mit einer unbewussten Eleganz bewegte, war das Mädchen sicherlich kein braves Prinzesschen. Nein, sie hatte diese finster-berauschende Ausstrahlung der Verruchtheit. Wie ein femininer, verführerischer kleiner Teufel, der darum *bettelte, gefickt zu werden.*

Sie war ein sexy, schlankes und schwarzes Chaos.

Er schätzte sie auf Durchschnittsgröße, vielleicht auch etwas kleiner. Er konnte es nicht genau sagen, weil sie immer schwarze Plateauschuhe trug, die sie größer machten, als sie war, und ihre Beine unter der schwarzen Netzstrumpfhose atemberaubend aussehen ließen. Er hatte keine Ahnung, ob sie immer kurze Röcke trug oder ob es nur sein Glück war, dass sie bisher jedes Mal, wenn er sie sah, einen anhatte. Ihre Röcke waren so kurz, dass er schon allein bei diesem Anblick immer einem Orgasmus nahe war. Sie war so umwerfend, so sexy ... auf jeden Fall sexy genug, um ihn immer wieder hierher zurückkommen zu lassen, nur um immer und immer wieder einen weiteren Blick auf sie zu werfen, egal wie sehr es ihm widerstrebte.

Jedes Mal wenn er hierherkam, erwartete er, festzustellen, dass sein Verstand und Trieb ihm nur Streiche gespielt hatten. Sie konnte *auf keinen Fall* so heiß sein, wie er sie beim letzten Mal wahrgenommen hatte.

Doch jedes Mal war sie es doch.

Sie war zwar immer verdammt heiß, aber sie war nicht immer perfekt. Manchmal sah sie sehr erschöpft und müde aus. Aber immer dann, wenn ihr Make-up nicht einwandfrei und ihr Lächeln nicht strahlend war, waren das die Momente, in denen er sie am liebsten ficken wollte. Wenn sie so verletzlich aussah, wollte er nichts mehr, als sie hochzuheben, ihre Beine um seine Taille zu schlingen und tief in sie hineinzustoßen.

Er sollte es nicht mögen sie so müde zu sehen, aber er konnte nicht ändern, dass er es trotzdem tat. Denn immer dann, wenn sie merklich müde war, waren das die einzigen Momente, in denen sie einen Ausrutscher beging und sich tatsächlich erlaubte, einen Blick auf ihn zu werfen. Die meiste Zeit ignorierte sie ihn jedoch.

Ihrem Kleidungsstil zufolge würde man bei ihr von einer extrovertierten und offensiven Persönlichkeit ausgehen, das war sie aber nicht. Ihrer Erscheinung widersprechend, waren von ihr keinerlei aufdringliche Schwingungen wahrzunehmen. Sie versuchte nicht einmal, mit ihm zu flirten, wie es die meisten Frauen taten.

Stattdessen ignorierte sie ihn, als würde er nicht existieren. Dieses Verhalten ließ den Jäger in ihm aufhorchen, den er immer wieder bremsen und unter Kontrolle halten musste. Wenn sie jedoch müde war und er sie dabei erwischte, wie sie ihn unter ihren langen Wimpern ansah, brannte sein Inneres vor Hitze, seine Adern füllten sich mit Lust und seine Fantasie lief auf Hochtouren. Er stellte sich vor, wie er durch den Raum lief, sie ergriff und hochhob, wie seine Hände in das weiche Fleisch ihres Hinterns versanken und wie er sie in das Hinterzimmer trug. Er würde sie ausziehen, bis sie splitternackt war, und dann würde er sie im Stehen ficken. Er würde in ihr kommen, und sie würde um ihn herum zerfallen, ihr Inneres heiß und nass, während sie in Ekstase explodierte und ihn dabei noch fester umschlang.

Die Fantasie, sie zu ficken, überkam ihn jedes Mal, wenn er hier war, und sie verfolgte ihn auch noch, wenn er wieder ging. In seinem Kopf hatte er sie schon auf jede erdenkliche Weise gefickt und noch andere unanständige Dinge mit ihr angestellt. Er hatte sie im Stehen gefickt, er hatte sie auf allen vieren kniend gefickt, er hatte sie in seinem Büro gefickt, während er sie auf seinen Schreibtisch drückte.

Er biss die Zähne zusammen und schluckte schwer, er versuchte, das Bild zu vertreiben, aber es gelang ihm nicht. Er hatte böse, *böse* Fantasien mit diesem Mädchen gehabt. Noch nie zuvor in seinem verdammten Leben hatte er vergleichbare Fantasien mit jemandem gehabt.

Wenn er normalerweise an Sex dachte, ging es *nur* um Sex. Es ging um Befriedigung. Aber nicht mit diesem Mädchen. Er wollte sie bändigen. *Er wollte Kontrolle.*

Er atmete tief ein, um seine Nerven zu beruhigen, und ließ seinen Blick an ihr herauf und wieder herunter wandern. Er versuchte, sich auf die Realität zu konzentrieren und die Fantasien aus seinem Kopf zu verdrängen. Aber sie drängten sich immer wieder auf. Mit jedem Mal, wenn er sie sah, wollte er sie noch mehr haben. Und sein analytisches Gehirn kannte den Grund dafür. Es war, weil sie die für ihn *absolut* unpassende Frau war.

Sie war genau das Gegenteil von der Art Frau, auf die er normalerweise stand. Das genaue Gegenteil von der Art Frau, die er irgendwann einmal heiraten wollte. Eine, die ihren Platz an seiner Seite einnehmen und seinem Zuhause Leben einhauchen würde. Die Art von konservativer Erdung, die er brauchte, indem sie sich im Hintergrund hielt, während er das Familienunternehmen ausbaute. Ob es ihm gefiel oder nicht, er war gezwungen, seine Gäste bei zahlreichen Veranstaltungen zu unterhalten, und diese Anlässe würden nur mit dem Wachstum und der steigenden Vielfalt der Rule Corporation zunehmen.

Er wusste, was er brauchte; er brauchte eine Frau, die perfekt frisiert war, die sich konservativ kleidete, die sehr gebildet war und seine Gäste auch unterhalten konnte, wenn dies erforderlich war. Jedoch nicht die Frau, die seine Mutter für ihn vorgesehen und in letzter Zeit auffällig häufig erwähnt hatte. Sie würde es niemals werden. Zwischen ihm und der Frau, die er letztlich heiraten würde, musste eine gewisse Anziehungskraft bestehen, und Courtney Powell ließ seinen Schwanz nicht einmal zucken, auch wenn sie noch so hübsch war. Sie war wirklich sehr nett und sympathisch. Aber er kannte sie, seit sie ein kleines Kind war, und die enge Beziehung, die ihre Mütter miteinander hatten, hatte in ihm ein eher familiäres Gefühl für sie hinterlassen.

Auch wenn er Courtney – die Frau, die seine Mutter ihm immer wieder aufdrängte – nicht wollte, wusste er, dass er jemanden brauchte, der mit seiner Welt vertraut war. Nicht jemanden wie diese Grufti-Hexe auf der anderen Seite des Raumes, die Stachelmanschetten an den Handgelenken trug, einen Gürtel, an dem Ketten herunterhingen, und einen Rock, der so kurz war, dass man fast ihren Hintern sehen konnte. Er brauchte jemanden mit Stil, nicht jemanden, der schwarzen Lidschatten und lila Lippenstift trug. Sie musste kultiviert sein und nicht so aussehen, als würde sie den dunklen Lord der Unterwelt anhimmeln und nichts weiter von ihm wollen, als sein Blut zu trinken.

Nein, das Mädchen, von dem er seine Augen nicht lassen konnte, war nichts von dem, was er sich für seine Zukunft vorstellte, also ließ er besser gleich die Finger von ihr. Mit schmerzhaftem Bedauern ließ er seinen Blick wieder an ihrem Körper auf und ab gleiten. Er brauchte eine Frau, und sie war so verdammt ungeeignet.

Aber so perfekt für das sexuelle Vergnügen, das er ihr bereiten wollte.

Möchten Sie mehr erfahren? Besuchen Sie www.greyeaglepublications.com/de/ um Ihr Exemplar noch heute zu bestellen!

ÜBER DIE AUTORIN

MINK schreibt süße und salzige Liebesromane, die immer ein Happy End haben. Ihr Traumjob ist Chefredakteurin bei Cat Fancy, und man findet sie mit einem Kätzchen auf dem Schoß, ihrem Kindle in der Hand und einer Tasse dampfendem Kaffees neben sich.